Roberta Grazzani
Premio Andersen - Baia delle Favole 1967, 1972

Nonno Tano

Illustrazioni di
Franca Trabacchi

PIEMME
Junior

I Edizione 1992

15033 Casale Monferrato (AL) - Via del Carmine, 5
Tel. 0142/3361 - Telefax 0142/74223
www.edizpiemme.it

Stampa: G. Canale & C. SpA - Borgaro Torinese (TO)

Alle mie nipotine
Giulia e Marta

1

I nonni di Sicilia

CERTE volte, la foto a colori del nonno, appesa in sala da pranzo, sopra il tavolinetto sembra viva. Il nonno sorride, affacciato al suo peschereccio, e i suoi occhi sembrano brillare. E il peschereccio sembra dondolarsi, appena appena, come fosse in navigazione.

Noi tre siamo fortunati ad avere un nonno che guida un grande peschereccio. Non tutti i bambini, specialmente qui a Madrid, possono dire di avere un nonno come il nostro, che va avanti e indietro con la sua nave, nel canale di Sicilia.

Qualche volta, quando siamo a letto, la mamma ci racconta di quando era bambina e abitava con i genitori in quel piccolo paese siciliano in riva al mare. A noi piace sempre questo racconto, specialmente quando parla del nonno e di ciò che, tornando dalla pesca in alto mare, raccontava a sua moglie (che è la nostra nonna) e alla sua bambina (che è la nostra mamma). Più delle altre, fra le tante avventure, ce ne piace una; ed è quella del pesce spada e del delfino. Ce la facciamo raccontare tantissime volte e non ci stanchiamo mai di ascoltarla.

«Quel giorno il nonno era fuori con la barca piccola, a motore, perché era a riposo, e si era spinto un po' al largo. Il mare era leggermente mosso, ma tranquillo, e il nonno riposava, a poppa.

Aveva attaccato delle sarde alle esche e ora le lenze, immerse nell'acqua, aspettavano un pesce.

A un tratto, alla lenza di sinistra, un pesce abboccò.

Doveva essere grosso, perché la lenza cominciò a tendersi e poi a svolgersi nell'acqua. Infatti, era un pesce spada. Il nonno vide la sua forma allungata, nell'acqua trasparente, a pochi metri, e si chiese come avrebbe fatto ora, da solo, a issarlo sulla barca. Tirò la lenza con le due mani, ma il pesce era fortissimo, e si dibatteva violentemente per liberarsi.

«Non gliela farò mai!» pensò. «Questo pesce è più forte di me.»

In quel momento un'ombra agile e veloce si accostò alla barca e, prima che il nonno potesse rendersene conto, un muso appuntito emerse dall'acqua, vicinissimo. Era un delfino.

Si guardarono, il nonno e il delfino, si guardarono negli occhi come due persone. Poi il pesce, con un piccolo grido e un movimento velocissimo, diede un morso secco alla lenza, spezzandola.

Pieno di stupore, il nonno vide il delfino avvicinarsi al pesce spada e spingerlo lontano dalla barca, con colpi delicati ma decisi del muso».

Anche questa sera la mamma ci ha ripetuto la storia del pesce spada e del delfino ma, terminata la storia, ha qualcosa ancora da dirci. Ed è una notizia bellissima.

– I nonni di Sicilia (li chiamiamo così per distinguerli dai nonni di Madrid, che sono i genitori di papà) vi vogliono con loro a passare l'estate. Non vi vedono da quattro anni, ormai.

La mamma ci spiega che lei e papà non verranno con noi, perché quest'anno non possono permetterselo: devono finire di pagare la casa nuova. Una bella vacanza, tutti insieme in Sicilia, la faremo l'anno venturo.

Sara, che è la più piccola, piagnucola.

– Mami, – dice – io non so legarmi le stringhe delle scarpe, sono piccola. Ho appena meno di cinque anni...

– Te le allaccio io – dice Elisa. – Posso aiutarti anche a lavarti e vestirti.

Sì, siamo contenti di passare l'estate dai nonni di Sicilia.

Non siamo mai stati laggiù, in quell'isola di cui parliamo spesso. Non abbiamo mai visto quel mare, che per la mamma è il più bello del mondo. E i nonni non li ricordiamo, anche se sono venuti a Madrid, quando noi eravamo piccoli. Li sentiamo solamente al telefono e li guardiamo sulle fotografie.

Sì, siamo contenti.

Ma domani, forse, lo saremo di più.

Questa sera, dopo che la mamma è uscita dalla nostra camera, non leggiamo. Spegniamo subito la luce, senza saltare sui letti, senza giocare a nascondino, senza chiacchierare, come facciamo spesso.

Non siamo mai stati lontani da mamma e papà un'estate intera.

Questo è il programma del viaggio.

Mamma e papà ci porteranno in macchina all'aeroporto di Madrid. Lì, una persona delle linee aeree spagnole Iberia ci prenderà in consegna e prenderemo con lei l'aereo per Roma. A Roma saliremo sull'aereo per Palermo e a Palermo, che è già Sicilia, ci sarà il nonno ad attenderci per portarci a casa, nel suo piccolo paese in riva al mare.

Prepariamo i bagagli.

Papà e mamma ci hanno comperato tre zaini leggeri e molto grandi, di colori diversi per distinguerli.

Quello di Elisa è rosa e nero.
Quello di Paolo è verde e giallo.
Quello di Sara è viola chiaro e verde.
Sulla tasca di ogni zaino la mamma ha scritto il nostro nome, l'età, l'indirizzo di Madrid e l'indirizzo dei nonni in Sicilia.
Ci sta moltissima roba in questi zaini: magliette, jeans, ciabattine, scarpe da ginnastica, costumi da bagno. Nelle tasche laterali ci stanno anche i quaderni dei compiti delle vacanze, le scatole dei pennarelli colorati e i nostri giochi. In quello di Paolo la mamma è riuscita a far entrare, infilandola in piedi, una grande scatola con il regalo per i nonni, avvolta in una bella carta a fiori.
– Che regalo è, mami? – abbiamo chiesto.
Lei ha sorriso con aria misteriosa, e ha detto:
– Sorpresa!
– Ma noi non siamo i nonni! – ha protestato Sara.
– È una sorpresa anche per voi... – ha risposto lei. E non c'è stato verso di sapere altro.

C'è tantissima gente all'aeroporto di Madrid e una fila molto lunga allo sportello dove si consegnano i bagagli. Noi ci chiediamo come facciano tutti quei bagagli, che se ne vanno da soli sul nastro trasportatore, a salire ognuno sull'aereo giusto e siamo preoccupati per i nostri zaini.

Ci chiediamo anche come faccia la gente a sapere su quale aereo deve salire e quando e dove.

Ogni tanto una voce annuncia la partenza di un volo per una città lontana e questo ci piace molto, è come essere in un film.

La voce fa gli annunci prima in spagnolo, poi in altre lingue, e, dopo che ha parlato, molte persone raccolgono le loro borse e si affrettano verso una porta numerata.

Allo sportello dei bagagli adesso è il nostro turno.

La mamma parla con la signorina, che ci guarda, sorride e chiama qualcuno al telefono. Poi, dopo aver battuto, per un tempo che ci sembra molto lungo, su un piccolo computer, la signorina consegna alla mamma i biglietti per la partenza e, sporgendosi dal banco, ci chiede:

– Volete tenerli con voi i bagagli, bambini?

La mamma s'illumina.

– Si potrebbe? – chiede.

– Certo – dice la hostess. – Sono un po' ingombranti ma ci staranno benissimo sopra, negli appositi bagagliai.

Sopraggiunge in quel momento un giovanotto in divisa.

– Sono questi i bambini Doria che vanno a Palermo? – chiede.

Sì, siamo noi i bambini Doria che vanno a Palermo. Mamma e papà lo confermano.

Sono un po' emozionati, il nostro papà e la nostra mami. Sembrano quasi bambini anche loro. Bambini un po' più grandi, certo. Ma se ne stanno lì, a guardare il signore in divisa e sono un po' intimiditi.

Poi il papà dice:

– È lei che li accompagnerà fino a Palermo?

– Sì, signor Doria – risponde il giovane uomo con un sorriso gentile. La mamma gli consegna i nostri biglietti.

– Questi sono i documenti di viaggio. Dovrebbe esserci tutto – dice. E aggiunge – Mi raccomando: è la prima volta che viaggiano da soli.

Il signore in divisa controlla in silenzio i documenti che gli ha dato la mamma.

Alla fine alza gli occhi e dice, guardandoci con un simpatico sorriso:

– Hola*, Elisa, Paolo e Sara. Io sono Walter. Siamo pronti per partire?

Poi, rivolto a mamma e papà, li rassicura.

– State tranquilli. Fra poco più di quattro ore, Sara, Paolo ed Elisa sbarcheranno sani e salvi a Palermo.

Una piccola pausa e poi Walter si rivolge a noi:

– Sono troppo curioso se vi chiedo, bambini, dove andate da soli, fino in Sicilia?

– Andiamo dai nonni di Sicilia – spiega Sara con una certa importanza, guardandolo dal basso. – E a Palermo nonno

---

* "Ciao" in spagnolo.

Gaetano ci viene a prendere con il peschereccio.

Non è esattamente come dice Sara, ma Walter ha capito.

Papà spiega:

– Nonno Gaetano è Gaetano Nicotera. Come è scritto nei documenti.

Infilati i nostri fiammanti zaini, baciati e abbracciati stretti stretti la nostra mamma e il nostro papà, ce ne andiamo con Walter.

Prima di varcare l'uscita che porta all'aereo per Roma, ci giriamo. Mamma e papà, tenendosi per mano come due ragazzi, ci guardano, sorridono e ci mandano baci. Sono molto belli, là, in mezzo alla sala piena di gente, sono i più belli. E anche se adesso torneranno nella nostra casa di Madrid e non prenderanno nessun aereo, sembrano dei turisti, i più bei turisti dell'aeroporto, pronti a partire per un lungo viaggio...

Ci sono tante nuvole sotto di noi, e sono così gonfie e spesse che sembrano materassi.

Sara ne è sicura... o quasi.

– Meno male che ci sono loro sotto di noi, – dice – così, se l'aereo cade, ci fermiamo subito e non ci facciamo male.

– Se cadiamo, – spiega Paolo – le nuvole non ci fermano. Le attraversiamo in un attimo.

– Non sono materassi, Sara! – dice Elisa scoppiando a ridere.

Sara incrocia le braccia, ostinata.

– Io dico che sono dure. E poi le nuvole non sono mai sotto, ma sopra, in cielo.

Non c'è verso di farle capire come stanno le cose e ci rinunciamo, anche perché all'improvviso le nuvole sono sparite e sotto i nostri occhi, là in basso, lontano lontano, è comparso il mare.

– Che cos'è? – chiede Sara.

– È il mare, il mare... – dice Elisa.

– Il mare ha l'acqua – dice Sara. – Quella non è acqua.

– Oh no... – sospira Paolo.

Ma ecco Walter, il nostro accompagnatore, che viene verso di noi.

– Walter, – dice Paolo – Sara vuol sapere che cosa c'è là in basso, sotto di noi.

– Quella distesa azzurra? È il mare. – dice Walter, guardando a sua volta dal finestrino.

Sara alza gli occhi verso di lui e dice, ostinata:

– Nel mare c'è l'acqua.

Walter ride e dice:

– Quella è tutta acqua.

2

Nonno Tano, Turi e la nonna

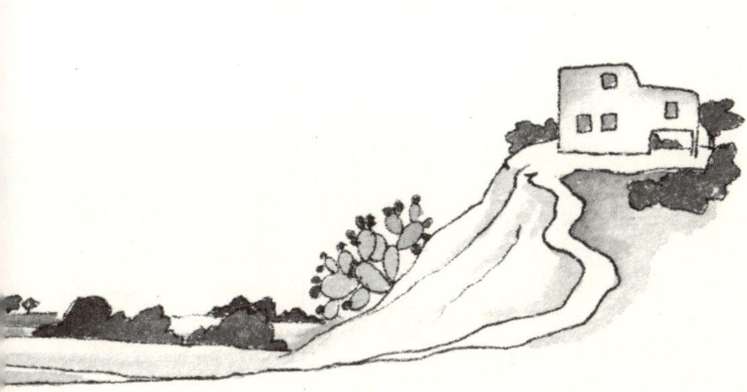

PALERMO. Scendiamo dalla scaletta dell'aereo insieme a Walter, che tiene Sara per mano, e ci troviamo subito immersi nell'aria siciliana.

Tira un vento caldissimo.

– È lo scirocco, – spiega Walter – viene dall'Africa.

E c'è come un forte profumo di erbe amare e liquirizia.

La luce è intensa, gialla, dorata. Ci sembra di essere in un altro mondo.

– Ho visto il nonno – dice Sara mentre attraversiamo a piedi il breve tratto dall'aereo alla sala d'attesa. Noi scoppiamo a ridere, ride anche Walter.

– Come fai ad avere visto il nonno, attraverso i vetri, a questa distanza?

– Non l'hai mai nemmeno visto di persona...

– .... l'ultima foto è già un po' vecchia.

– Io l'ho visto! – insiste lei, guardandoci con sfida attraverso la frangia rossa che le cade quasi negli occhi.

Il nonno è proprio lì, attaccato ai vetri, adesso lo vediamo anche noi. È una faccia in mezzo alle altre, ma noi capiamo che è lui, proprio e soltanto lui ad avere quella faccia, perché è quella di un vero marinaio. Scura, magra, segnata dal vento, disegnata da due baffi bianchi, corti e folti, e incorniciata da una massa di riccioli grigi.

Ci guarda, attraverso il vetro, e non fa un gesto, non si muove.

Ha solamente un grande e bellissimo sorriso bianco stampato sul viso ed è quel sorriso a rassicurarci.

Dopo alcuni minuti, Walter ci consegna nelle sue mani, o, per essere precisi, nelle sue grandi braccia.

– Buone vacanze, Sara, Elisa e Paolo!

Il nostro accompagnatore ci stringe la mano, ci dà due scappellotti affettuosi, saluta il nonno e se ne va.

Il nonno sembra un gigante.

Con una sola mano ha raccattato i nostri tre zaini, mentre con l'altra ha sollevato Sara da terra e se la porta via.

– Seguitemi, *carusi* * – ci grida e noi gli teniamo dietro a stento, in mezzo alla folla.

– Sei venuto con il peschereccio, nonno? – gli chiede Sara, battendogli una mano sulla fronte.

Il nonno si ferma, la guarda negli occhi, da vicino vicino, e si fa una grande risata.

– Sara, – le chiede a voce altissima – è una domanda vera la tua?

– Sì, nonno! Sì sì sì! – grida a sua volta Sara e anche lei ride e batte ancora la manina grassoccia sulla sua fronte abbronzata.

– Allora, Saruzza, ti devo deludere. – dice lui – Non sono venuto con il peschereccio, ma con la macchina del mio amico Turi.

La stringe forte a sé e ride ancora.

– Carusiedda, – dice – simpatica sei. Come la tua nonna, quando era ragazza.

* "Carusi, carusieddi" sono, in dialetto siciliano, i bambini.

Con gli stessi occhi birichini e i capelluzzi rossi rossi.

– Nonno, – chiede Paolo – non la sai guidare la macchina?

Nonno Gaetano scuote il capo.

– No, non la so guidare. Ma c'è Turi, lui guida e io gli dico la strada.

Poi si riscuote e di nuovo parla a voce alta.

Ha una voce allegra, grossa, morbida, da vero marinaio.

– Carusieddi, bambini miei, io sono un marinaio, un pescatore, non un autista. Le mie strade sono sul mare e sul mare le barche le so guidare molto bene.

– Come si chiama il tuo peschereccio, nonno?

– Santa Lucia si chiama. Ha il nome della piccola Santa di Siracusa, che mi fa luce quando la notte è buia e mi riporta sempre a casa.

La macchina di Turi, posteggiata subito fuori, è un vecchio maggiolino rosso, un po' ammaccato ai lati, ma lucido come uno specchio.

Turi ci abbraccia uno per uno, ci accarezza delicatamente, come fossimo di vetro, e dice:

– *Bedduzzi* *, vi piace la mia macchina? L'ho lavata e lucidata stamattina per fare questo lungo viaggio da Trapani a Palermo. Ottanta chilometri in una volta sola, la mia macchina non li fece mai.

Turi è piccolo, magro e nero.

Ha mani sottili e dita lunghe e con quelle dita, mentre parla, tocca la macchina, come prima ha accarezzato noi, delicatamente, come se fosse anch'essa di vetro.

Il nonno dice con la sua grossa voce:

– Montate bambini e andiamo, Turi, la nonna ci aspetta.

La casa del nonno è in alto, affacciata sulla scogliera, e guarda il mare. È una casa antica, con i muri spessi, dipinti di bianco. Ha porte e finestre verdi, un verde bellissimo, e sul davanti ha un grande porticato.

Il maggiolino di Turi, ansante per la ripida salita, si ferma sullo spiazzo davanti alla casa.

---

* Vezzeggiativo siciliano che significa belli, carini.

Il nonno grida:

– Qua siamo, Cettina!

Noi apriamo le portiere e vediamo la nonna che ci corre incontro. È vero, assomiglia tanto a Sara. I suoi capelli non sono più rossi, ma si capisce che lo sono stati, perché non sono ancora bianchi. E i suoi occhi sono allegri e birichini, verdi come quelli di Sara, forse soltanto di un verde più chiaro.

– *Carusieddi, bedduzzi* di nonna, *picciriddi* miei... – mormora mentre ci aiuta a scendere dalla macchina. – Siete qui finalmente, siete arrivati!

Ci abbraccia e ride e ci guarda uno per uno e di nuovo ci abbraccia e ci scruta e ripete:

– *Bedduzzi* di nonna.

E alla fine piange. Allora il nonno le mette la mano sulla testa, le arruffa i capelli e dice:

– La mia ragazza è così, non cambia mai. Prima ride, poi piange.

Lei, allora, si asciuga velocemente le lacrime sulle guance, con i due palmi delle mani aperte, e di nuovo sorride mentre dice:

– Venite, bambini, venite in casa. Il viaggio è stato lungo, sarete stanchi.

Sì, siamo stanchi, ma qui, in questo luogo, ci sentiamo subito al sicuro, come nella nostra casa di Madrid. Il nonno e la nonna non potevano essere che così, come ora li vediamo e li sentiamo.

Il nonno forte e robusto, simpatico, avventuroso, come un vero marinaio.

La nonna bellissima, con quel viso dolce e allegro e quei capelli ricciuti, che sono ancora un po' rossi, e quello sguardo verde e birichino, da ragazza.

Mangiamo sotto il portico e guardiamo il mare. Il sole sta scendendo, là in fondo, e il mare ha una larga striscia gialla e viola, proprio al centro, come se dal sole uscisse un torrente colorato. Sara mastica con gli occhi chiusi. Dorme.

Elisa parla fitto fitto con la nonna: le racconta della scuola e della mamma. Paolo dice:

– Nonno, ci porterai sul tuo peschereccio?

Il nonno socchiude gli occhi e guarda il mare.

Poi aspira un lungo tiro dalla pipa e ci

avvolge nel suo fumo, prima di rispondere.

– Il Santa Lucia è in mare – dice con la sua grossa voce morbida. – È nel canale, alla pesca. L'andremo ad aspettare quando torna, ma non tornerà presto. Io mi sono preso una vacanza lunga: la prima della mia vita.

Scruta lontano, come se cercasse il suo peschereccio, sulle onde ormai quasi invisibili della sera.

Aspira in silenzio nella sua pipa e poi dice, allegro:

– Ma io ho anche una barca, non lo sapevate? E su quella vi porterò subito domani. È una barca vecchia, ma bellissima. La vedrai, Paolo mio, è bellissima.

– È quella del pesce spada e del delfino, nonno?

Il nonno ha un gesto di sorpresa.

Si toglie la pipa di bocca e guarda il nipotino con stupore.

– Tu sai quella storia? – chiede.

– La mamma ce la racconta sempre, nonno. È una storia che ci piace molto.

Lui si appoggia indietro, alla poltroncina di vimini, e torna di nuovo a guardare lontano, sul mare.

– Sì – dice. – È una storia molto bella.

– Non l'hai più incontrato quel pesce spada, nonno?

– Che ne so, Paolo mio. Ogni tanto vedo un pesce spada, quando vado al largo con la barca, ma non posso sapere se è quello che aveva abboccato quel giorno.

– E il delfino?

– Quel delfino, vuoi dire? Sì, quello credo di averlo incontrato altre volte. Ci sono due delfini, in particolare, che mi seguono spesso, quando esco con la barca.

Silenzio.

Sara dorme, appoggiata alla tavola.

Elisa è entrata in casa con la nonna. Le si sente girare sopra le nostre teste, nelle camere da letto.

Sotto il portico è ormai buio. La brace della pipa del nonno manda bagliori, come un piccolo fuoco.

– Sai, – dice all'improvviso nel silenzio la sua voce – loro ci guardano. Loro, i pesci, intendo. Ci vedono, ci seguono. Di noi sanno tante cose. Siamo noi, uomini, a non sapere di loro se non quello che vediamo. Ma là sotto, nel mondo silenzioso del mare, vivono degli esseri intelligenti. Non sappiamo quanto...

Il nonno ha parlato a bassa voce e ogni parola era dolce, sembrava una carezza.

3

La caletta delle cicale

La giornata è splendida e il mare, visto dalla casa, è almeno di quattro colori: azzurro vicino a riva, verde più avanti, blu scuro e brillante e poi di nuovo verde, quasi viola, là in fondo, lontano, dove volano due grandi uccelli che il nonno chiama cormorani.

– Non è buono oggi il mare – dice la nonna. – Ma voi andrete lo stesso alla spiaggia. Vi ho preparato delle buone focaccine con le olive, da mangiare a metà mattina. E più tardi, al ritorno, troverete un pranzo siciliano.

Nella cucina luminosa, con le grandi finestre spalancate sul mare, c'è un delizioso profumo di focaccine, infatti.

Si sente il passo pesante del nonno che scende le scale.

– Carusi, eccomi qua. Siete pronti? Andiamo a vedere com'è il mare di Sicilia.

Usciamo e ci avviamo per un ripido viottolo in discesa, fra cespugli di capperi e grossi fiori di cardo seccati, gialli, immobili, prosciugati dal sole. Intanto il nonno ci dice che la piccola spiaggia che sta sotto di noi si chiama "Caletta delle Cicale".

– Ci sono le cicale sulla spiaggia? – chiede Sara.

– No – spiega lui – non le cicale che cantano nei prati. Un tempo, però, nelle acque profonde di questa caletta si pescavano le cicale di mare, che sono dei crostacei somiglianti alle aragoste. È per questo che si chiama così.

Tira un fortissimo vento e il mare, là sotto, non è tranquillo. Grosse onde di spuma bianca si abbattono sulla spiaggia, subito raggiunte e cancellate da altre onde.

La spiaggia è bella, piccola e deserta. È fatta di grossi sassi rotondi ai lati, ma è di sabbia bianca e fine al centro e fino al mare.

C'è un capanno di legno a ridosso della scogliera e il nonno vi si dirige.

– Il capanno è nostro – dice. – L'ho fatto io.

Dentro, il capanno è bellissimo. Il pavimento è stato battuto e spianato. Vi sono molti attrezzi da pesca alle pareti e su un vecchio scaffale. Vi sono anche delle sdraio e un tavolinetto da picnic. Sulla parete, in fondo, è appoggiata in piedi una lunga canoa a tre posti, con le pagaie accanto.

Il nonno dice:

– Questo è il mio regalo per voi, *picciriddi*. È una imbarcazione leggera e veloce e abbastanza grande, ci si sta in tre. Vi insegnerò, a turno, a remare.

Ci sono anche tre giubbotti salvagente. Anch'essi sono nuovi, di un brillante colore arancione e Sara ne prende uno e se lo infila subito. Poi prende una pagaia e dice:

– Io porto questa.

Il nonno la osserva e ride.

– Dove vai, Sara?

– Al mare, nonno Gaetano. Io porto questa e poi remo.

– Oggi non è possibile navigare, il mare è troppo agitato – spiega il nonno. – Dobbiamo aspettare che si calmi.

Sulla spiaggia battuta dal vento, costruiamo con la sabbia una bellissima diga, rinforzata con sassi e legnetti, e intanto il nonno ci racconta di quando fece naufragio e venne salvato dall'equipaggio di una nave turca.

– Non capivamo un'acca di quello che ci gridavano i marinai, ma siamo stati salvati e portati fino a casa.

– E che ne è stato del tuo peschereccio? – chiede Elisa.

– L'ho perduto, purtroppo, è andato a picco. Mi ci sono voluti degli anni per averne un altro. "Cormorano", si chiamava. "Cormorano"... Come quei due grandi uccelli che volano là, sopra le onde.

Sara osserva:

– Se si chiamava Santa Lucia, forse non affondava.

Il nonno sorride e le tira i capelli, delicatamente, con le grosse dita:

– Chissà... – dice.

Alle nostre spalle, lassù, si vede la casa dei nonni, tutta bianca, circondata a semicerchio

dalla macchia verde degli alberi dell'orto: fichi, fichi d'India e una grande mimosa che le fa ombra, sul lato destro.

– Tano... oh, Tano! – qualcuno chiama. Il vento ci porta la voce, ma in giro, sulla spiaggia, non vediamo nessuno.

– È Turi, – dice il nonno – eccolo là.

Turi sbuca all'improvviso dal sentiero, dietro la scogliera.

Ha i pantaloni arrotolati al polpaccio e cammina veloce verso di noi.

Il nonno, che era accoccolato accanto a Sara, si alza e gli va incontro, con il suo lungo passo.

– Oh, Turi! – grida, sopra il rumore del vento – Che c'è?

Turi è ansante.

– Buongiorno, *carusi* – dice e spiana per un attimo l'espressione preoccupata in un sorriso luminoso sul viso nero e secco. Ma torna subito serio.

– Tano – dice – È per Olivia... sta male.

– È già arrivato il momento? – chiede il nonno, sorpreso.

– No, Tano, non è il momento. Ma lei sta male; non gliela fa, non capisco perché. Forse è stanca. È successo troppe volte e non è più giovane. Ma tu sai Tano che per me...

Turi si interrompe, gira lo sguardo chiaro verso il mare e non parla più.

Elisa, che lo osserva attentamente, vede che piange.

Ma piange senza muovere il viso, Turi. Semplicemente, dagli occhi gli scivolano le lacrime.

Sono lacrime chiare, veloci, che lui asciuga in un colpo solo con le lunghe dita sottili.

Il nonno dice:

– Andiamo, dobbiamo aiutarla. Gliela farà anche questa volta, Turi, sta' tranquillo.

4

La compagna di Turi

CORRIAMO nel capanno, ci rivestiamo in fretta.

Non facciamo domande e il nonno e Turi non danno spiegazioni.

– Dove hai lasciato la macchina? – chiede il nonno.

– Sul sentiero, dietro la scogliera.

Corrono. Turi davanti con il suo passo veloce, il nonno al suo fianco, con la lunga falcata delle sue gambe.

Noi siamo dietro.

Il maggiolino rosso, un po' meno splendente di ieri, all'aeroporto di Palermo, è sul sentiero che ci aspetta.

– Voi andate dietro, bambini – dice il nonno.

Via...

Come corre Turi su questa stradetta di campagna.

Non è come ieri sulla grande strada di Palermo, che andava piano, con prudenza, senza scosse, senza strappi.

Sale e scende sentieri sterrati, pieni di sassi e buche.

Si inerpica, gira a destra, a sinistra. Sobbalza, trotta... è come se fosse a cavallo. Alla fine si inoltra su una strada tutta in salita.

Guardiamo indietro, verso la casa del nonno, e la vediamo scomparire dietro la collina. Un ultimo strappo, un sobbalzo e una brusca frenata.

– Ci siamo... – dice il nonno.

C'è una casetta semplice, là fuori, in un piazzaletto coperto di ghiaia bianca, ai bordi di una vigna.

La casa ha i muri bianchi e spessi, come quella dei nonni, ma è più piccola, a un solo piano. Una grande pianta di gelsomino l'abbraccia da terra fino al tetto.

– Io abito qui, *carusieddi* – dice Turi.

Ci aiuta a scendere dalla macchina e richiude piano le portiere, come per non disturbare qualcuno.

– Venite... – dice.

Fuori, il profumo dei fiori del gelsomino riempie l'aria.

Il nonno è già avanti.

– L'hai messa nel forno? – grida, senza girarsi.

– Sì, Tano, è là.

Il "forno" è una piccola costruzione rotonda, a lato della casa. È come una casetta per bambini.

La porticina di legno è spalancata e il nonno entra e subito si china su qualcosa.

Alle sue spalle, Turi chiede:

– Come la trovi?

Noi siamo dietro e guardiamo un po' intimoriti, ma ai nostri occhi, finalmente, il mistero si svela e allora anche noi ci chiniamo accanto a Turi e al nonno.

Olivia è un cane.

Sta distesa immobile, con gli occhi chiusi, e respira piano, emettendo ogni tanto un debole lamento. Il suo pelo corto, bianco e nero, a chiazze, è lucido di sudore.

– Sta male – dice Turi a voce bassissima. – Non si muove da due giorni; non mangia, non beve. Trema... Ho tanta paura che se ne vada, che muoia...

– Sta per avere i cuccioli – ci spiega il nonno.

La vocetta di Sara dice:

– Ha freddo, bisogna coprirla.

In quel momento, forse al suono di quella voce infantile, Olivia apre gli occhi e li posa subito su Sara. Poi li richiude, ma li riapre di nuovo, sposta lievemente la testa e la guarda ancora, intensamente. Quindi muove piano la coda.

– Si è mossa, *bedda matri** – dice Turi. – Sono due giorni che non dà segno di vita.

Sara mette una manina sulla testa di Olivia e l'accarezza.

– Forse mi conosce... – dice.

Olivia, di nuovo, muove piano la coda.

Turi, allora, inizia a parlarle.

La sua voce è leggera, amorevole. Dice:

– Olivia, questi sono i bambini di cui ti parlai. Sono Sara, Elisa e Paolo. I nipoti di Tano. Vennero dalla Spagna, da lontano, con l'aereo. Tu devi guarire e poi starai con loro. E starai bene, Olivia, vedrai. Ma

* Bedda matri, "bella madre" in siciliano, è un'invocazione alla Madonna.

adesso devi fare i cuccioli. Capisci, Olivia? Devi fare i cuccioli!

Olivia ha richiuso gli occhi.

Sara l'accarezza, muovendo la piccola mano grassoccia sul collo e sulla schiena dell'animale.

– Olivia, – dice Sara sottovoce, come Turi – io voglio che fai i cuccioli e poi uno me lo regali e lo portiamo a Madrid, se tu vuoi. Nella casa nuova avremo il giardino, sai? Però, se non vuoi io te lo lascio, il cucciolo...

Sara parla, parla. E alla voce della bambina Olivia si muove, apre completamente gli occhi, emette un profondo sospiro.

– Si è risvegliata – dice Turi. – È strano. È davvero come se avesse riconosciuto Sara.

Il nonno si alza.

– Bambini – dice – qui dentro manca l'aria, il forno è piccolo. Usciamo: credo che adesso Olivia farà i suoi cuccioli.

Fuori, seduti su una panchetta di legno sotto l'albero di gelsomino con nonno Tano, aspettiamo.

C'è un panorama incredibile tutto intorno. Si vedono montagne lontane e colline vicine, gialle e verdi. E case bianche seminascoste dalle vigne o dai mandorli. E distese di girasoli.

E sopra tutto questo c'è il cielo siciliano, di un azzurro intenso, brillante. Fa caldo, ma tira un'aria leggera, profumata.

Turi è corso in casa, ha preso una coperta ed è tornato nel forno.

Ora corre di nuovo fuori, rovista da qualche altra parte e ritorna nel forno con una grossa cesta di vimini.

– Tutto bene? – gli grida il nonno.

– Tutto bene – risponde Turi.

C'è silenzio, ora.

Sara annusa un fiore di gelsomino sul palmo della mano.

A un tratto... ecco un guaito leggero e lungo e, subito dopo, dei piccoli versi acuti, infantili.

E di nuovo silenzio. Ma Turi esce dal forno raggiante.

– Sono nati – grida. – Sono tre!

Il nonno aiuta Turi a trasportare Olivia in casa.

L'hanno avvolta nella coperta e lei lascia fare. È stanca.

In casa la mettono su un vecchio tappeto, accanto al camino spento.

– Bambini, – grida il nonno – andate a prendere i cuccioli.

– Sono nel cesto – aggiunge Turi.

Ci precipitiamo fuori.

A terra, nella piccola stanza del forno, c'è il cestone di vimini foderato di stracci morbidi e puliti.

E dentro ci sono i tre piccoli figli di Olivia: sono cuccioli di dalmata, come la mamma.

– Hanno gli occhi chiusi – dice Sara, e piange, aggrappata alla mano di Paolo.

– Sono bagnati – mormora Elisa.

– Si muovono, hanno fame, vogliono la mamma – dice Paolo.

Prendono il cesto con sei mani e lo portano in casa.

– Turi... – dice Sara – Turi... hanno gli occhi chiusi, stretti. Sono bagnati. Muoiono? – e piange ancora, mentre parla.

– No, Sara, non piangere – dice Turi. – Hanno gli occhi chiusi perché sono appena nati. Diamogli tempo: la luce è troppo forte per loro. Fra poco li apriranno.

Intanto il nonno li ha presi, uno per uno, delicatamente, con quelle sue grandi mani, e li ha messi accanto alla madre.

Olivia si muove e li guarda. Poi inizia a leccarli uno alla volta, senza smettere mai e intanto, con il muso, li spinge piano sotto la pancia, perché succhino il suo latte.

– Avete visto? – dice il nonno. – Hanno gli occhi chiusi, ma le bocche sono già aperte. Vedete, stanno già mangiando.

Sì, i tre cuccioli mangiano, succhiando il latte dalla loro madre.

Olivia li osserva a lungo, poi d'improvviso gira la testa e cerca Sara. La guarda intensamente e, come prima nel forno, tira un lungo sospiro.

Nonno Tano dice:

– Olivia ha scelto Sara per amica.

Sara sorride, ancora con gli occhi lucidi di lacrime.

– Forse mi conosce – dice per la seconda volta.

Ma è ora di tornare a casa. È tardi, ormai.

La nonna è ferma in mezzo al piazzaletto, con le mani affondate nelle tasche del grembiule da cucina. Non ha un'espressione molto contenta mentre ci osserva scendere dalla macchina.

– Ve ne andaste via senza avvertire – protesta. – Mi sono affacciata, e sulla spiaggia non c'eravate più. Così si fa?

Il nonno ride piano, come fra sé.

– Sei preoccupata, scusaci Cettina. Ora ti spiego... – le dice.

Ma lei continua, scura in volto.

– Avete visto l'ora? Sono le due del pomeriggio. Le due... e ancora dobbiamo mangiare.

Il nonno cerca di prenderla per le spalle, ma lei si ritira.

– Non potevamo avvertirti, Cettina. Siamo corsi a casa di Turi – le spiega.

– Olivia ha fatto i cuccioli – dice Sara. – Nonna, ne ha fatti tre.

Ma la nonna non si lascia commuovere.

Si gira e se ne va brontolando:

– E io sto in ansia per due ore...

Nonno Tano la segue, insieme agli altri. Ci strizza l'occhio e dice ancora:

– La mia ragazza è arrabbiata.

Ma Turi vuole essere lui a dare spiegazioni.

– Concetta, è colpa mia – dice. – Sono venuto io a prendere Tano e i bambini. Avevo bisogno di aiuto. La mia Olivia stava morendo.

La nonna si toglie le mani dalle tasche, si gira e lo fissa con i suoi occhi verdi di ragazza.

– Oh... non lo sapevo – esclama. – E adesso, come sta?

– Adesso sta bene, Concetta. Si è ripresa, come per miracolo, quando ha sentito i bambini.

Elisa dice:

– Nonna, devi vederli quei cuccioli, sono bellissimi!

– Hanno gli occhi chiusi, però... – dice Sara.

– Beh..., Turi, è tardi – dice la nonna. – Fermati a mangiare qualcosa con noi.

5

La sorpresa nella scatola

LA NONNA ha fatto tante cose buone per il pranzo.

La pasta con le sarde, le pizzette, le focaccine, le polpette di carne con le erbe e la ricotta. Turi ha gli occhi splendenti. Sembrano due luci nella sua faccia nera.

Parla e mangia e sorride.

Però non ride mai, come fa il nonno che ride gorgogliando come una fontana oppure scoppia in una risata fragorosa. Elisa da tanto tempo vorrebbe fare una domanda a Turi. Ma non sa come farla. O non osa, forse. Poi, finalmente, si decide:

– Turi, – dice – tu ce l'hai la moglie?

Turi la guarda con il suo solito sorriso e dice:

– No, *picciridda*, non ce l'ho. Ma l'avevo, sai? È morta due anni fa.

Si fa un breve silenzio, brevissimo. Poi Paolo chiede:

– Come si chiamava?

– Si chiama Carmela, ma io la chiamo Melina, quando le parlo – dice Turi, con voce gentile.

– E Olivia ce l'ha il marito? – chiede allora Sara.

Il nonno, che stava bevendo, ha un colpo di tosse e spruzza l'acqua sulla tovaglia.

Ridiamo. E Turi risponde:

– Ha ragione la *picciridda*. Sì, Olivia ce l'ha il marito. È Fritz, un cane dalmata come lei.

– È il papà dei cuccioli? – si informa Sara.

– Sì, è il papà dei cuccioli.

– E perché non c'era oggi? – chiede ancora Sara.

Turi fa un gesto con la mano.

– Fritz non è come Olivia – dice. – È sempre in giro, Fritz, per le vigne, nei poderi vicini. Torna solamente la notte e qualche volta non si vede per giorni e giorni.

È sera, ormai.

Turi se n'è andato presto e noi, stanchissimi, abbiamo dormito tutto il pomeriggio.

Ora siamo tutti sotto il portico, come la sera prima e guardiamo il mare. Vi sono molte luci in mezzo al mare, che si spostano molto lentamente.

– Sono le barche dei pescatori – dice il nonno.

– E quella luce grande là in fondo a destra, che si accende e si spegne, cos'è, nonno? – chiede Paolo.

– Quella luce è il faro – la faccia del nonno non si vede nel buio della sera. Si vede solo il rosseggiare della sua pipa.

– Il faro è importante per un marinaio – dice la sua voce pacata. – Qualche volta è la salvezza.

– Per esempio, quando? – chiede Paolo.

– Per esempio quando il mare è in burrasca e tu non capisci più dove sei e cerchi una luce, un punto di riferimento. Ecco, allora, se vedi la luce del faro, è come se vedessi la tua casa o se sentissi una voce amica. E quella luce è la salvezza.

– Nonno, – dice Sara, arrampicandosi

sulle sue ginocchia – mi racconti la storia del pesce spada e del delfino?

Il nonno la guarda nel buio, cerca i suoi occhi e poi ride piano, a garganella.

– *Carusi,* – dice – dovrò raccontarla tutti i giorni per tutta l'estate questa storia?

– Sì! – grida Sara e ride come impazzita. – Sì, nonno, tutti i giorni ce la devi raccontare.

– Ma perché, ma perché... – mormora lui in un finto lamento.

– Ci piace tanto – interviene Elisa. – Dài, nonno, per favore.

– Dunque – incomincia allora nonno Tano. – Quel giorno mi ero spinto al largo con la mia barca piccola...

La voce del nonno si diffonde solitaria nella sera.

Solo il rumore del mare, là in basso, le fa compagnia.

Nonna Cettina ascolta affascinata, come se anche lei sentisse questa storia per la prima volta.

Sara si è addormentata.

Elisa pensa:

«Siamo davvero qui, con i nonni in Sicilia,

su questa isola, davanti a questo mare. Siamo davvero qui, non sto sognando».

– ... è così che quel pomeriggio ho perso il mio pesce spada – conclude il nonno.

– Bambini, è tardi! – dice nel buio la voce gentile della nonna. – Non avete sonno?

– Un po'... – dice Elisa.

– Io no, non ho sonno – dice Paolo.

– Andiamo – dice il nonno, alzandosi. – Domani, forse potremo metterci in mare.

– Se il mare è buono! – ci tiene a dire la nonna.

Nonno Tano sorride nel buio.

– Certo, ragazza mia. Se il mare è buono.

Nella grande camera al piano superiore, che i nonni hanno preparato per noi, gli zaini sono ancora sulle sedie, ma la nonna li ha vuotati e ha messo tutto in ordine nel grande armadio di legno scuro che sta accanto alla finestra.

C'è però ancora qualcosa nello zaino di Paolo: la grossa scatola che la mamma ha fatto stare all'ultimo momento, avvolta nella carta a fiori.

– Questa non l'ho toccata – dice la nonna.

– L'aprirete voi, bambini, domani. E metterete in ordine quello che c'è dentro. Adesso è tardi.

Nonno Gaetano ha deposto Sara addormentata nel suo lettino e sta tentando di slacciarle, con le dita maldestre, i lacci delle scarpe da ginnastica.

Noi guardiamo la scatola e ci ricordiamo soltanto ora che quello è il regalo per i nonni.

– Ve lo mandano mamma e papà... – diciamo mortificati. – È un regalo per voi, ma ce ne eravamo scordati.

Il nonno ha uno scatto:

– Un regalo per noi? Per i nonni di Sicilia? E ce lo dite solo ora, alle dieci di sera del giorno dopo? Ah, questi *carusi*! E io, da tutto il giorno mi sto chiedendo: «Ma non mi hanno portato proprio niente i miei nipotini dalla Spagna?».

La nonna sospira.

– Tano, per favore, l'apriamo domani. I bambini sono stanchi. Ci sarà un regalo da grandi, a loro non interessa.

– Che cosa significa "un regalo da grandi"? Forse significa un regalo brutto? – dice il nonno prendendo la moglie per le spalle e abbracciandola. – La mia ragazza non ha fantasia. I regali sono sempre regali.

Velocemente il nonno ha messo Sara sotto le lenzuola e ora, seduto sul letto di Elisa con la scatola sulle ginocchia, si accinge ad aprirla.

– Una scatola chiusa non chiede altro che di essere aperta – sentenzia, mentre toglie la carta a fiori.

Compare una scatola blu, sotto la carta a fiori, e sul coperchio c'è una grande scritta bianca, circondata da tanti disegni di pesciolini. La scritta è in spagnolo e dice:

El Auténtico Puzzle. Un juego para los apasionados de la pesca y de los peces*

Il nonno legge a voce alta, poi ci guarda e ripete:

– El Auténtico Puzzle? Che roba è?

* "Il vero puzzle. Un gioco per gli appassionati della pesca e del pesce."

Elisa esclama:

– È un *pasel* gigante, nonno. Un *pasel* gigante, apri!

Il nonno toglie il coperchio e dentro c'è, sopra tutto il resto, il ritratto di un grosso pesce spada.

Sotto il ritratto il nonno trova un sacchetto di plastica trasparente pieno di pezzetti di cartoncino colorato.

– Non ci capisco niente – dice il nonno. – Siete sicuri che questo è un regalo per noi? Cettina, vieni a vedere.

Arriva la nonna, dal corridoio. Era già in camera sua.

– Ci capisci qualcosa? – le chiede, mostrandole il sacchetto pieno dei pezzetti di cartoncino.

La nonna guarda tutto e dice:

– Ma sì, è un puzzle.

– Un pu ... che? – fa il nonno e ci guarda. – Voi l'avete chiamato con un altro nome.

Noi ridiamo a crepapelle, distesi sul letto.

– È un pa... è un pa... un pa... – cerchiamo di dire, di spiegare, ma non gliela facciamo.

È la nonna che, pazientemente, in piedi davanti al nonno spiega:

– È un gioco che si fa mettendo insieme tutti i pezzetti di cartoncino, fino a quando non è stata ricomposta la figura intera.

Il nonno è ammutolito.

Guarda il sacchetto, guarda il ritratto del pesce spada.

Poi apre il sacchetto e comincia a osservare, una per una, le tesserine del puzzle.

– Sono tutte uguali – protesta.

E poi grida:

– Che cosa è venuto in mente a mia figlia, là a Madrid, mi domando. Che cosa le è venuto in mente? Mi manda un pesce spada di carta e vuole pure che lo ricostruisca... Non ci sono altri regali, in Spagna, che vadano bene per un padre e una madre siciliani?

Fa finta di essere arrabbiato, ma lo sembra davvero.

– Adesso basta, si va a letto! – dice la

nonna. – Voi bambini lavatevi almeno i denti. Buonanotte.

Se ne vanno, chiudono la porta, nonno Tano e nonna Concetta.

Sara dorme profondamente.

Il nonno l'ha infilata sotto le lenzuola dimenticandosi di toglierle una scarpa.

6

La polverina magica

È MATTINO, ma fa già molto caldo. Il vento che agita il mare è vento di scirocco, viene dall'Africa.

Dopo una fresca e lunghissima doccia, siamo seduti sotto il portico a fare colazione.

Sulla tavola rustica c'è la ricotta calda, il latte e il caffè, i fichi neri dell'orto, la marmellata di pesche.

C'è anche un cesto di frutti lunghi, rosso scuri che, a toccarli, lasciano le mani come macchiate di sangue.

– Questi li ha portati Turi, stamattina presto. Sono del suo gelso. Sono buoni e fanno bene. Assaggiateli.

Per dare l'esempio, la nonna se ne mette in bocca una manciatina.

Beviamo il caffelatte, mangiamo la ricotta calda con il pane croccante che ha fatto la nonna nel forno. Poi mangiamo anche qualche fico e assaggiamo i frutti del gelso.

– Oh... – dice Sara, con la bocca piena di varie cose colorate. – Oh... – ripete. – Ci siamo dimenticati di Olivia.

– Sta bene – la rassicura la nonna. – È già in piedi, è guarita. E i cuccioli hanno aperto gli occhi.

– E stanotte è tornato Fritz, il vagabondo – dice la sonora voce del nonno, che arriva da fuori.

– Come stanno questi bambini spagnoli? – dice, guardandoci con affetto. Si china su di noi e cerca di stritolarci un po', nelle sue braccia. Ha addosso un buon profumo, di pipa e di mare.

– Dove sei stato, nonno? – gli chiede Sara, emergendo quasi soffocata dal suo abbraccio.

– Sono stato a dire al mare di non fare scherzi. «Mare, gli ho detto, se continui a non essere buono noi ce ne andiamo, ti lasciamo solo. Ce ne andiamo a fare passeggiate in campagna con il maggiolino di Turi.» Questo gli ho detto...

Sara protesta.

– Ma io voglio andare al mare. Non voglio andare in giro con la macchina.

– Anche noi... – dice Elisa più timida.

– Possiamo fare come ieri – propone Paolo. – Ricostruire la diga e fare un piccolo bagno, vicino a riva. Piccolo piccolo...

– Ah ah... – fa il nonno ridendo come una fontanella. – Un bagno piccolo piccolo? Andiamo allora. Prendete tutto. Vi aspetta un bagno piccolo piccolo.

Non prendiamo niente, perché tutto è rimasto nel capanno, ieri, quando Turi è venuto a chiamarci, così scendiamo veloci il ripido viottolo che porta alla spiaggia.

Davanti a noi, il nonno porta un cesto di paglia con le pizzette, che la nonna ha preparato «da mangiare a metà mattina.»

Ed eccoci davanti al mare infuriato.

Lo guardiamo immobili, a debita distanza. Non è possibile fare il bagno, nemmeno piccolo piccolo...

Il nonno ci osserva.

– Avete dei bei costumi colorati, nuovi nuovi. Li ha presi la mamma a Madrid?

– Sì, – risponde Sara – li ha presi a El Corte Inglés.

– Ah... – fa il nonno. – E cos'è questo Corte?

– È un grande magazzino – spiega Sara. Lei sa tutto, di queste cose. – Abbiamo preso tutto lì, anche le ciabattine, gli zaini, le magliette. Tutto.

El Corte è grandissimo, sai nonno? Ha sette piani, forse...

Il nonno osserva Sara in silenzio, allarga le braccia e poi le chiede:

– E allora ascolta, Sara.

In questo Corte che ha tutto, non vendevano dei barattoli neri, con delle onde bianche disegnate sopra e con una scritta... una scritta... – si interrompe. – Già, siete spagnoli. Come si dice polverina magica in spagnolo?

– Si dice "*polvos mágicos*" – risponde Elisa.

– Allora, dicevo, in questo grande magazzino non c'erano dei barattoli neri, alti così, grandi così – alza e allarga le grosse mani – con la scritta "*polvos mágicos*"?

Sara dice:

– Forse li ho visti. Di che colore sono le parole, nonno?

Il nonno la guarda serio.

– Ah, tu li hai visti. Le parole... le parole dovrebbero essere in azzurro su fondo nero, un po' ondulate, mosse, come le onde del mare.

Elisa e Paolo non ricordano di avere visto niente che assomigli a quello che dice il nonno.

– Io li ho visti – insiste Sara.

– In che reparto stavano? – le domanda il nonno.

– Credo, non ricordo... Ah, sì, credo dove vendono gli zaini.

– Ah... dove vendono gli zaini. Eh, sì... sono loro, sono loro!

– E allora io mi domando – dice il nonno, alzando improvvisamente la voce – perché vostra madre, cioè mia figlia, non ha comperato almeno uno di quei barattoli. Me lo domando. Anzi, lo domanderò a lei, questa sera, quando telefonerà.

Sara guarda il mare e poi guarda il nonno.

– Nonno – chiede – che cosa c'è in quei barattoli?

– Lo sai, – dice lui – lo sai: c'è scritto sopra.

– Sì, – dice Sara – c'è scritto sopra, ma che cosa fa questa polverina magica?

Allora il nonno solleva la nipotina, se la mette a cavalcioni sulle spalle e dice:

– Allontaniamoci, lo voglio dire solo a te. Perché è un segreto.

Allontanatosi di qualche metro, nonno Tano avvicina la sua bocca all'orecchio di Sara e dice:

– Se getti un pizzico di polverina magica sulle onde, il mare si calma subito.

Sara lo guarda come fulminata.

– Dici davvero, nonno Tano?

– Che potessi pescare solo meduse*, se dico bugie.

– La mamma, allora, lo sapeva?

– Certo che lo sapeva, tua madre. Tua madre, mia figlia, ha passato l'infanzia a calmare il mare gettando sulle onde pizzichi o pugni, secondo la necessità, di quella polverina.

Sara guarda il mare, le onde minacciose che si alzano come grandi creste, prima di abbattersi sulla spiaggia, e domanda:

– Come faceva?

Il nonno prende una manciata di sabbia e la getta in mare.

– Così... – dice.

– Mi metti giù, nonno Tano? – mormora Sara.

Poi, quando è a terra, prende una manciata di sabbia e anche lei, come il nonno, la getta sulle onde. Poi si gira verso di lui e chiede:

– Perché l'hai detto solo a me?

– Te l'ho detto: è un segreto.

---

* Specie marina che emette un liquido irritante e velenoso.

Sara prende un'altra manciata di sabbia e di nuovo la getta verso il mare, poi ne prende un'altra, ma non la getta più, se la lascia scivolare fra le dita.

Sta un po' ferma, immobile, davanti al mare minaccioso, poi si gira, guarda in su, verso il nonno, piegando un po' la testa da un lato e dichiara:

– Io non ci credo, nonno Tano.

7

Una notte avventurosa

LA MAMMA chiama due volte la settimana, dopo le nove di sera, così è l'accordo.

Ecco, quindi, che questa sera, per la seconda volta da quando siamo arrivati, ci giunge la sua voce da Madrid.

– Stiamo bene... è bellissimo... c'è il mare... c'è la caletta delle cicale... c'è Turi... c'è Olivia...

Ci accalchiamo all'apparecchio e parliamo tutti insieme.

Poi Sara vuole parlare da sola, sottovoce, un minuto solo, dice.

– Mami, – sussurra, con la bocca incollata alla cornetta – ascolta, mami, il nonno dice che ci sono dei barattoli con una polverina magica. E che tu...

La mamma ride, dall'altra parte, ride e parla sottovoce con papà che è lì accanto.

– Mami... mamiii! Parla con me, invece – grida Sara offesa. – Al papà lo dici dopo. Voglio sapere se è vero della polvere che calma il mare. Il nonno dice che tu, quando eri piccola ce l'avevi questa polverina...

La mamma fa un lungo sospiro e poi dice:

– No, Sara, non l'avevo.

Allora Sara fa il broncio e la mamma lo capisce, anche se è lontana.

– Sara, il nonno vuole scherzare, non te la prendere.

– Sì, mami, – dice Sara con una voce annoiata – però era meglio se c'era questa polverina, perché è una settimana che il mare è brutto. E noi non abbiamo ancora fatto il bagno...

– Da bambina, però, io credevo a questa storia della polverina – dice ancora la voce della mamma, che adesso sembra vicina vicina, proprio accanto a Sara. – Facevo così. Mi mettevo davanti al mare in burrasca e gettavo sulle onde qualche piccola manciata di sabbia. Così facevo...

– Anch'io l'ho fatto, mami, e anche il nonno l'ha fatto.

– Allora sta tranquilla, amore. Vedrai che fra qualche giorno, o forse anche domani, il mare si sarà calmato.

Dopo la telefonata, il nonno cerca la sua pipa e non la trova.

E poi, trovata la pipa, non trova il tabacco.

– L'hai finito – gli ricorda la nonna. – Bisognerà che tu vada in paese a comprarlo, domani. Così mi fai anche la spesa.

Allora il nonno dice con voce drammatica:

– Una pipa spenta è come una notte senza luna, è come un mare senza pesci, è come... *carusi*, dove avete messo quello stupido gioco, come si chiama... ma sì, quel gioco che ha un nome che puzza, quel gioco del pesce spada...

– Il puzzle! – fa la nonna.

– Il pasel! – facciamo noi.

– Sì, ecco, quel puzzello, dove l'avete messo?

L'avevamo messo in camera nostra, ma corriamo a prenderlo e ci mettiamo tutti attorno al tavolo rotondo, nell'angolo del salottino, a ricomporre il pesce spada.

Il ritratto intero è in piedi, appoggiato al muro; le tessere del puzzle sono state messe in un piatto fondo.

In meno di mezz'ora, noi bambini abbiamo già ricomposto la coda e la parte superiore della schiena.

Il nonno non ha ancora trovato una tessera giusta.

– Sono tutte uguali! – ripete ogni tanto, monotono. – Tutte uguali. È un gioco infernale!

Sprofonda in un cupo silenzio e rovista freneticamente nelle tesserine con le sue grosse mani.

A un tratto un urlo. La nonna accorre dalla cucina e vede il nonno che corre per la stanza con qualcosa stretto fra il pollice e l'indice.

– L'ho trovato, – grida – l'ho trovato. Lo sapevo che c'era. Non poteva non esserci.

Ritorna accanto a noi e si china sul gioco.

– Che cosa hai trovato, nonno? – gli chiede Elisa.

– L'occhio – fa lui orgoglioso. – Ho trovato l'occhio del pesce spada.

– Fa' vedere – dice Paolo.

Il nonno glielo mostra sul palmo della mano. Su quella grande mano, la tesserina del puzzle quasi sparisce, ma Paolo la vede abbastanza per capire che il nonno si è sbagliato

– Questo non è l'occhio, nonno.

Nonno Tano guarda il ritratto e osserva il pezzetto di cartone sulla sua mano.

– Ah, no? Non è l'occhio? E che diavolo è allora questa caccolina?

– È una squametta, vedi nonno, va qua.

Paolo prende la tesserina e la colloca al suo posto.

Silenzio. La nonna in cucina finisce di mettere a posto e ogni tanto si affaccia a vedere.

Sono tutti e quattro chini sul puzzle. Non vedono né sentono più niente. Ogni tanto qualcuno muove una mano e mette una tessera al suo posto.

– Ah!!! – grida il nonno di nuovo. – Paolo guarda, questo è proprio l'occhio, stavolta.

No, nemmeno questo è l'occhio del pesce spada e il nonno dice, aspirando invano dalla sua pipa spenta:

– Questo puzzello mi farà impazzire.

È molto tardi quando andiamo a dormire. Abbiamo lasciato il puzzle iniziato sul tavolino.

Il pesce spada è composto solo per un quarto. La schiena è quasi completata, c'è anche un pezzo di muso con un inizio di spada, ma manca tutto il resto.

Il nonno ha cercato l'occhio per tutta la sera e ancora, prima di mettersi sotto le lenzuola, nel grande letto accanto alla nonna, ha brontolato:

– In quel puzzello l'occhio non ce l'hanno messo, te lo dico io.

– Non è possibile – ha detto la nonna mezza addormentata.

– E allora sai che ti dico, Cettina? Che quell'occhio si deve trovare, e sarò io a trovarlo, parola di Tano.

Alla nonna è venuta improvvisa una segreta voglia di ridere e non ha risposto, fingendo di dormire.

È notte fonda. Dalle persiane in camera nostra filtra a strisce oblique la luce pallida della luna.

Paolo è sveglio, l'ha svegliato il silenzio.

È un silenzio che non ha mai sentito da quando siamo arrivati.

È immobile, profondo.

Il vento è caduto e da laggiù, dalla spiaggia, non si sente più salire l'urlo del mare.

Paolo vorrebbe alzarsi, aprire piano le ante, guardare giù.

Forse il mare si è calmato.

Ma ha paura di fare rumore e di svegliare i nonni.

Pazienza, aspetterà che venga mattino. Forse è già quasi mattino, chissà...

A un tratto, un rumore, come di una porta che si chiude cautamente. E poi un altro rumore, sempre cauto, leggero, di qualcuno che scende le scale.

«Non può essere la nonna» pensa Paolo. «È troppo presto.»

Ascolta, con il cuore che inizia a battere veloce e sente di nuovo un passo, leggero leggero, scendere le scale.

«Forse è il nonno che va in bagno», si tranquillizza Paolo, ma subito dopo si chiede perché il nonno voglia usare il bagno sotto quando ce n'è uno comodo, su questo stesso piano.

Non si sente più nulla... cioè, no, ecco ancora un rumore, più lontano, come di una sedia spostata.

E d'improvviso il silenzio, questo assoluto silenzio, è spezzato da un rumore fragoroso. Come se cadessero dei mobili, delle sedie, come se là sotto tutto rotolasse.

Un rumore che sembra non voler finire, anche se si attenua presto e si riduce a una voce soffocata e lontana.

Si accende di colpo la luce e la nonna è lì, in camicia, con gli occhi verdi spalancati.

– Che cosa è successo, bambini?

– Non... non so... – dice Paolo con un filo di voce.

Sara dorme profondamente. Elisa si sta svegliando ora.

La nonna scompare, ma riappare subito dopo con una specie di risolino agli angoli della bocca:

– Il nonno a letto non c'è – dice. E di nuovo sparisce.

A debita distanza, guardinghi, spaventati, noi due, Paolo ed Elisa, la seguiamo mentre scende le scale.

Sotto, tutto è spento, ma la nonna si dirige decisa verso il salottino, accende la luce ed entra dalla porta che era già aperta.

Noi, fermi nel corridoio, aspettiamo un segno di vita.

Ma si è fatto di nuovo silenzio, ora. Un silenzio strano, rotto da una serie di suoni gutturali, che sembrano risate soffocate.

Finalmente la nonna ci chiama:

– Bambini, venite!

Fermi sulla porta del salottino, vediamo una scena che non dimenticheremo mai.

Il nonno, in pigiama, è semisdraiato per terra, incastrato fra le gambe di una poltroncina e il tavolino rotondo rovesciato. Intorno, sul pavimento, fin sotto il tavolo grande, la credenza e il divanetto di vimini sono sparse le tesserine del puzzle. Il salottino è tutto in disordine, con libri e oggetti dappertutto. È come se nella stanza fosse passato di corsa un grosso cane.

La nonna... beh, anche la nonna è seduta sul pavimento, come se vi fosse appena caduta, e tiene stretto per un braccio il nonno. Tutti e due ridono ridono

ridono. Ridono sottovoce, perché è notte, ma non riescono a smettere e non gliela fanno nemmeno a parlare.

Finalmente nonno Tano, a noi che li guardiamo muti, riesce a dire qualcosa.

– Ecco..., mi ero alzato per cer... per trov... – di nuovo ha un attacco di risa, ma si riprende e continua – cercare trovare l'o... sììì! l'occhio... l'occhio del pesce.

La nonna si alza, si ricompone e dà una ravviata con le mani alla grande massa morbida dei suoi bellissimi capelli, che si sono sciolti. Sembra una ragazza, ed è molto bella, con quei riccioli disordinati e quel viso pieno di lentiggini e di allegria.

– Che cosa penserete, bambini miei – dice la sua voce gaia – di questi nonni siciliani? Ma tornate a letto, *bedduzzi* di nonna, sono soltanto le tre.

Elisa gira lo sguardo nella stanza sconvolta e chiede:

– Io però non ho capito perché questa stanza è tutta sottosopra...

C'è un nuovo scoppio di risa e alla fine nonno Tano si alza, si ricompone, e spiega.

– Sono sceso al buio, *carusi*, per non

svegliarvi. Non riuscivo a dormire: questo maledetto puzzello mi ha dato l'insonnia. Sono entrato nel salottino, sempre al buio. Volevo raggiungere il tavolino, accendere la lampada e mettermi lì dieci minuti, tranquillo e trovare l'occhio, sì, come diavolo si chiama, la tessera dell'occhio del pesce spada. Ma è proprio vero, al buio non ci si vede... Prima sono inciampato nel divanetto di vimini. Che però, *carusieddi*, ieri sera voi avete spostato e non avete rimesso a posto. Poi sono caduto in avanti e sono piombato sul tavolo dove stava il puzzello. E ho tirato giù tutto.

Raccatta qua e là, con fatica le piccole tessere del gioco e borbotta:

– Chi lo trova, adesso, questo maledetto occhio?

Sotto una sedia c'è il coperchio della scatola. Il nonno legge a voce alta una piccola scritta:

– *Dosmil pedazos*... Duemila tessere? Ma voi siete pazzi, come si fa a trovare un occhio in mezzo a duemila caccoline tutte uguali? Cettina, nostra figlia ci ha mandato un bel regalo! Andiamo a letto. Prima però facciamoci una camomilla.

Sono le tre della notte. Mancano cinque ore al mattino.

Prima di tornare sotto le lenzuola, noi due guardiamo giù, verso la spiaggia.

Sotto la luna, il mare brilla, immobile come una immensa tavola di cristallo.

8

In mezzo al mare con la barca a motore

La colazione dura più a lungo stamattina, perché il nonno racconta ancora l'avventura della notte e ridiamo tutti a crepapelle.

Sara dice:

– Però io non ho sentito, perché non mi avete chiamata?

E fa subito un po' di broncio.

Ma il nonno la solleva sulle sue forti braccia e le dice:

– C'è stato un baccano infernale, *picciridda*, perché non ti sei svegliata?

Poi si riscuote.

– *Carusi,* – dice – il mare non può attendere.

Sara guarda con gli occhi socchiusi l'immensa distesa verdeazzurra che splende sotto il sole.

– Sono stata io a calmare il mare. La mamma aveva ragione... e anche il nonno – dice.

La barca a motore del nonno è azzurra e verde, verniciata di fresco. È vecchia, ma sembra nuova e ha un motore che, al primo colpo, parte immediatamente.

Nonno Tano guida sicuro, al piccolo timone, diretto a ovest, verso la punta esterna della caletta.

– Qua dietro c'è il paese – spiega. – È piccolo, non ci sono grandi negozi di sette piani, ma c'è tutto. Esclusi i puzzelli...

Sara tiene una mano in acqua, mentre la barca corre, e lascia dietro di sé una piccola scia trasparente.

– È bello questo mare, nonno – dice.

Nonno Tano sorride soddisfatto.

– Ti piace, eh? Questo è uno dei mari più belli, forse il più bello che ci sia, lo sai? Ed è ancora pulito. Guardate, bambini, l'acqua è azzurra proprio come il cielo. Ed è trasparente. Guardate sotto. Si vede il fondo, con i sassi, la sabbia, le rocce, i pesci.

È vero. Si vede il fondo, attraverso l'acqua, e sul fondo notiamo anche l'ombra della nostra barca che corre in superficie.

Il paese appare subito dopo la curva e sembra una manciata di scatole bianche messe sulla riva.

– Fra poco ci siamo – dice il nonno.

Attracchiamo ben presto nel porticciolo e scendiamo.

La piazzetta è piena di gente. Ci sono pescatori che salutano il nonno con un gesto della mano e altri che lo fermano.

– Sono arrivati i nipotini, Tano?

– Sì, sono arrivati – risponde il nonno, con un grande sorriso compiaciuto, e tira diritto con il suo lungo passo. Noi gli stiamo dietro a fatica.

Ma ecco Turi. È appoggiato al suo maggiolino e parla con qualcuno. Sembra ancora più magro, oggi. È serio, ma appena ci vede, sulla sua faccia olivastra spunta il solito luminoso sorriso.

– *Carusieddi*, buongiorno! – dice. – Come siete venuti fin qua, a piedi?

– Con la barca del nonno – risponde Sara, che subito aggiunge: – Olivia come sta?

– Olivia sta bene. E anche i cuccioli. Già camminano, sai? Dovete venire a vederli.

Ma nonno Tano ha fretta, questa mattina.

– Turi, – dice – ci vediamo più tardi, a casa mia, ti aspetto. Voglio portare i bambini in mare, con la barca.

Turi gli si avvicina, lo porta in disparte e gli dice qualche cosa velocemente, con un'espressione grave sul viso tirato.

Anche il nonno si fa serio. E rimane serio anche dopo, mentre compera il tabacco, il giornale, la carne, il latte, il pane e tutte le cose che gli ha scritto la nonna sul foglietto.

È serio anche quando riavvia la barca e riprende il largo.

– Potete togliervi i vestiti e rimanere in costume – dice. – Ma mettetevi i giubbotti salvagente.

Filiamo veloci, verso il mare aperto.

L'aria è carezzevole, tiepida, leggera. Scivola sulla pelle come un velo di seta invisibile.

La riva si allontana velocemente e, guardandola, vediamo contemporaneamente il piccolo paese e la caletta delle cicale, tutta bianca, incastonata sotto la roccia come una conchiglia aperta.

Il nonno ci indica la nostra casa, in alto, affacciata alla scogliera.

– Forse la nonna ci sta guardando – dice.

Andiamo sempre più lontano, al largo, e Sara dice:

– È qui che hai preso il pesce spada, nonno Tano?

– Non qui, più avanti, più in mezzo al mare.

– E i delfini, nonno? – chiede Paolo.

– Beh... i delfini qualche volta li ho visti anche da queste parti. Mi seguivano. Erano due. Ma è tanto tempo, ormai, che non si fanno più vedere.

– Sarebbe bello vedere i delfini – dice Elisa.

– Sarebbe bellissimo – dice il nonno. – Chissà, con un po' di fortuna...

Ci inoltriamo ancora di più nel mare aperto.

L'acqua è diventata blu, di un blu intenso, come vernice.

È pulita, ma non è più possibile vedere il fondo.

Sara è silenziosa, affascinata.

– Non ha paura la mia *picciotta** rossa? – le chiede il nonno.

Lei scuote la testa.

---

* Ragazzina, in siciliano.

– Che cosa c'è in fondo al mare, nonno? – chiede, indicando lontano.

– In fondo dove, *picciridda*? In fondo sotto o in fondo avanti?

– In fondo avanti – dice Sara.

– C'è un'altra spiaggia di là dal mare. Con altre case, altri paesi, altra gente.

– E altri bambini? – chiede Sara.

– Certo! I bambini sono dappertutto. Solo che là in fondo, dall'altra parte del mare, i bambini sono un po' più scuri di te, Saruzza, perché laggiù incomincia l'Africa.

Com'è bello stare con nonno Tano su questa piccola barca. E com'è bello parlare in mezzo al mare, noi quattro soltanto, senza nessun altro rumore che quello della barca e delle nostre voci. Ci sembra di vivere in un'altra vita e le nostre voci hanno un suono diverso.

Nel cielo vola un grande uccello.

– È un germano reale – dice il nonno – viene dalle isole che stanno là in fondo.

Noi lo guardiamo con ammirazione, questo nonno.

Sa tutto del mare. Siede tranquillo accanto al piccolo timone e sembra il comandante di una grande nave. Il vento gli scompiglia i folti capelli grigi e la sua figura è bellissima. Ci viene in mente la foto che abbiamo guardato spesso a Madrid, sognando intorno a questo nonno siciliano, ma ci pare di non riconoscerlo, nella memoria. Perché questo è quello vero, con il viso segnato dal vento e dal sole, i baffi da lupo di mare, la pipa che tiene in bocca anche quando è spenta, come fosse una parte di sé.

– Non hai mai avuto paura del mare, nonno? – chiede Paolo.

– Paura? – nonno Tano guarda la scia che lascia la barca, la osserva a lungo, prima di rispondere.

– Paura non è la parola. Il mare, bambini, è la mia casa, da quando avevo dodici anni. Da quando, cioè, ho iniziato a fare il mio mestiere. Il mare è mio amico, mio fratello, mio padre, mia madre. Mi ha dato da mangiare, il mare, e mi ha cresciuto. Mi ha parlato quando avevo bisogno, quando avevo un dolore... o una gioia. Mi ha ascoltato, capito, consolato. Paura? *Carusieddi*... non è facile da dire, e da capire. No, non mi fa paura il mare.

Tace all'improvviso, come se gli venissero dei ricordi alla mente e guarda lontano, serio, solitario, come se noi non ci fossimo più, mentre batte leggermente, affettuosamente con una mano sullo scafo della barca.

– Non facciamo il bagno?

È Sara che ci richiama alla realtà.

– Ma certo! – grida il nonno riscuotendosi. – Siamo nel punto più bello, qui l'acqua è liscia e fresca. Faremo un bagno bellissimo.

Si interrompe di colpo e ci guarda uno per uno.

– Un momento, *carusi*, non facciamo scherzi. Sapete nuotare?

– Sì, nonno, siamo bravi – dice Paolo. – Solo Sara è così così.

– Sono anch'io brava, invece! – dice Sara, offesa.

– E dove avete imparato, bambini miei? A Madrid non c'è il mare, anche se c'è El Corte Inglés che vende puzzelli...

– Ci sono le piscine a Madrid – dice Sara. – E noi abbiamo fatto i corsi di nuoto.

Un minuto più tardi siamo tutti in acqua.

Il nonno nuota agile, come un grosso pesce, con bracciate lunghe e lente che lo portano subito lontano. Ma lui torna velocemente verso di noi, per non perderci di vista.

– Siete bravi! – si stupisce. – Nuotate bene. Avete stile.

Sara gli grida:

– Nonno, guarda, faccio il morto.

– Anch'io! – grida lui.

– Anche noi!

Tutti e quattro, distesi a pancia in su, guardiamo il cielo profondo sopra di noi e ci lasciamo cullare dall'acqua e carezzare dall'aria leggera.

Quanto tempo stiamo così, abbandonati come foglie, sulla superficie del mare?

Un urlo ci ridesta ed è il nonno che, riprendendo a guizzare come un pesce, grida:

– Mi ero addormentato, picciotti, e nessuno mi svegliava!

Torniamo verso casa e, mentre la caletta delle cicale si avvicina sempre più, riusciamo a distinguere la nostra casa, bianca e verde, là in alto, e qualcuno che si muove sulla veranda.

– La nonna ci sta aspettando – dice il nonno. – La vedete lassù?

– Sono in due – osserva Paolo. – Forse c'è Turi.

– Eh... Turi – mormora il nonno. – Sì, certo ci sarà Turi.

È tornato serio. Non parla più, è pensieroso e guarda avanti, verso la sua casa.

Elisa, che gli è seduta accanto, gli mette allora una piccola mano sul braccio e dice:

– Nonno, sei preoccupato per Turi?

Nonno Tano la guarda, un po' sorpreso. Poi fa un'osservazione, a voce bassa.

– Sei come tua madre, – dice – come mia figlia Angela. Non ti sfugge niente.

Mentre la barca corre verso la nostra caletta, il nonno ci racconta di Turi.

– Avete visto la sua casa, là, sopra quel cocuzzolo, vero *carusi*? Ecco, veramente non è sua quella casa. È dei fratelli della moglie. E adesso la moglie è morta e alcuni nipoti gliela vogliono togliere. L'avvocato ha dato ragione ai ragazzi. Turi dovrà lasciare la casa questa settimana stessa, l'ha saputo stamattina.

Il nonno ha un sospiro e tace.

Solo Sara, dopo qualche istante, dice qualcosa:

– Gli cerchiamo noi un'altra casa.

9

Turi cambia casa

TURI, era proprio lui, è sulla spiaggia ad attenderci e ci viene incontro, con i pantaloni rimboccati per aiutarci a scendere.

Poi aiuta il nonno a tirare la barca all'asciutto.

– Avete fatto un bel bagno, *carusieddi*? – ci domanda con la sua voce carezzevole. – Siete abbronzati. Sarà contenta nonna Cettina di vedervi così belli.

Sara gli si attacca al braccio e comincia a raccontargli tutto, dal bagno fino all'urlo del nonno, che si era addormentato mentre faceva il morto, e ride ancora, divertita, e ride anche Turi, strizzando gli occhi azzurri, che spariscono nella faccia scura.

Nonno Tano dice:

– Bravo Turi, che sei venuto. Ora ti fermi a pranzo da noi.

La nonna è in cucina, indaffarata.

Dappertutto c'è un profumo delizioso.

– Ho fatto le tagliatelle con il sugo di carne. E Turi ha preparato il pesce spada alla griglia – dice.

Nonno Tano osserva:

– Turi è bravissimo a cucinare il pesce. Sul peschereccio il cuoco era lui.

– Lavatevi le mani, *carusi*! – grida la nonna. – È pronto.

E siamo tutti a tavola, davanti a una montagna di tagliatelle fumanti. Turi è stato messo a capotavola, ma lui dice:

– Io non sono un ospite d'onore. Qui ci doveva stare Sara.

Sara gli fa un largo sorriso di simpatia e conferma.

– Sì, – dice – domani vado io a capotavola, perché vengo dalla Spagna.

Mangiamo quasi in silenzio, perché abbiamo fame e perché è bello guardare il luccichio del mare e quelle due vele che passano al largo, laggiù.

Dormiamo a lungo, nel pomeriggio, dopo una bella doccia fresca.

Intanto, sotto, sulla veranda, i nonni e Turi hanno parlato.

Li abbiamo trovati ancora lì, davanti alle

tazzine vuote di caffè, quando siamo scesi dalle camere, a piedi nudi, ancora assonnati.

Turi ci ha guardato con dolcezza.

– Dormito bene? – ci ha chiesto, e Sara si è arrampicata sulle sue ginocchia.

Il nonno e la nonna si sono lanciati una occhiata veloce e il nonno ha detto:

– Cettina, lo diciamo ai *carusi*?

– Certo... – ha detto la nonna gravemente, socchiudendo gli occhi.

E il nonno, togliendosi la pipa di bocca ha detto:

– Carusieddi, l'avete vista la piccola casa che sta dietro la nostra, prima della macchia dei mandorli?

– Io l'ho vista – dice Sara. – Ha le porte verdi, come questa.

– Ci abitavamo noi, la nonna e io – dice nonno Tano – da giovani sposi. Poi è nata Angela e allora siamo passati in questa casa più grande, che era di mio padre.

– È la casetta che si vede dalla finestra della cucina? – chiede Elisa.

– Quella! – conferma la nonna.

– Quella casa – continua il nonno – noi l'abbiamo messa in ordine da poco. L'anno scorso, mi pare, Cettina...

– L'anno scorso, in primavera – conferma la nonna.

– L'abbiamo sistemata per nostra figlia, vostra madre, e per i nostri nipotini, che siete voi. È piccola, ma non le manca niente. C'è la terrazza, una grande cucina e una grande camera da letto. E abbiamo fatto pure un bel bagno grande, ricavandolo dal palmento*.

– Ma oggi i programmi sono cambiati. Quando voi tornerete con la mamma e il papà starete in questa casa con noi, che è grande assai e vi può ospitare tutti, comodamente, per le vacanze. E, nella casetta, verrà ad abitare Turi.

Turi ascolta in silenzio, con gli occhi che splendono nel viso magro.

– Quando? – domandiamo.

– Presto, fra qualche giorno – dice la nonna. – Ma dobbiamo finire di sistemarla.

– Verranno anche Olivia e i cuccioli? – domanda Sara.

Turi le tocca i capelli:

– Sì, certo...

– Ci porteremo anche la pianta del

---

* Il palmento è una specie di cantina dove si tengono al fresco i cibi.

gelsomino – dice la nonna. – Quella non è dei tuoi nipoti, l'ha piantata tua moglie.

Da tre giorni i nonni stanno lavorando, insieme a Turi, alla nuova casa. Hanno spianato il terreno intorno e hanno creato un piazzaletto con della bellissima ghiaia bianca. Hanno strappato le erbacce che si arrampicavano fin sui muri. Hanno portato dei fiori. Hanno zappato e dissodato un pezzo di terreno di fianco alla casa e su quel terreno Turi farà crescere un piccolo orto.

La grande pianta di gelsomino, però, è rimasta lassù, nella casa vecchia, perché non è stato possibile strapparla al terreno, le sue radici erano molto profonde e il trapianto l'avrebbe fatta morire.

La nonna ha già provveduto, però, con un altro gelsomino, che è piccolo, ma crescerà.

Sono venuti anche degli operai dal paese: mastro Nicolò, il falegname, e mastro Gaspare, il pittore.

Hanno piallato, segato, inchiodato, raspato, ripulito, imbiancato. Ora la casa è come nuova ed è bella, piena di luce.

Dalle finestre della cucina si vede un panorama di prati gialli e ondulati e montagne, in lontananza. Dalla camera da letto e dalla terrazza, invece, si vede il mare e la casa dei nonni, un po' più in alto, sulla destra. Noi abbiamo aiutato Turi a trasportare con la macchina le cose piccole dalla casa che sta lasciando, ma oggi per i mobili verrà un trattore, dal paese, perché un camioncino non gliela farebbe a salire per il ripido sentiero.

Questa sera, dopo le nove, telefona la mamma e Sara, quando è il suo turno, le racconta tutto, velocemente, gridando, perché la mamma non capisce, e ridendo o arrabbiandosi un po', secondo le domande e le risposte.

– Mami, ancora una cosa. Verranno ad abitare qui anche Olivia, suo marito Fritz e i loro cuccioli. Sei contenta?

– Certo, tesoro, sono contenta – dice la mamma. – Buonanotte.

– Ciao, mamma, buonanotte. Ah... un'altra cosa, sottovoce, però...

E Sara sussurra nella cornetta:

– Mami, sono tre giorni che non andiamo al mare. Io ci voglio andare, mami...

– Vedrai che domani il nonno ti porterà. Buonanotte, Sara.

PA 35
16721

10

L'incontro straordinario

La mamma aveva ragione.

Questa mattina il nonno ha deciso che nel pomeriggio, mentre il trattore andrà a caricare i mobili di Turi, noi andremo a fare un altro bagno con la barca. Ma il mare non è più molto buono e il nonno lo dice subito.

– Il mare si sta guastando un'altra volta. Potrebbe alzarsi un vento contrario, pericoloso per chi è in mare. Ma noi faremo lo stesso, prima che questo succeda, un bel giro con la barca e un bellissimo bagno. Staremo fuori poco, così io potrò dare ancora una mano a Turi con la nonna. Ma è l'ultimo giorno, domani sarà tutto finito.

Alle quattro del pomeriggio ci mettiamo in mare.

– Vedete gli uccelli? – ci fa osservare il nonno, mentre la barca ci porta al largo. – Volano bassi. Significa che il tempo sta cambiando. E... guardate: anche il colore dell'acqua è cambiato.

Sì, il mare adesso è tutto verde, con delle chiazze molto scure là dove si sollevano le onde.

Facciamo il bagno nell'acqua che si increspa, ed è bellissimo, perché andiamo su e giù, come fossimo anche noi delle piccole onde.

Come la prima volta, anche oggi ci stendiamo a pancia in su e facciamo il morto, guardando il cielo. Ma questa volta nonno Tano non si addormenta: ha fretta di tornare.

Ritorniamo verso casa.

Il motore della barca ogni tanto dà degli strappi.

– Sta per finire la benzina – dice il nonno. – Non me ne ero accorto. Dovrò chiedere a Turi che vada in paese a pigliarne una tanica.

Quando sbarchiamo sulla caletta sono quasi le sei, ma il nonno ci lascia a giocare sulla spiaggia. C'è ancora molta luce: siamo in piena estate.

– Fate un bel castello di sabbia – ci suggerisce. – Così lo fotografiamo e lo mandiamo a mamma e papà. Intanto la nonna e io finiamo di aiutare Turi.

Se ne va veloce, a lunghi passi.

– Nonno, – gli grida dietro Paolo –possiamo fare un altro piccolo bagno?

Il nonno guarda il mare e le onde che si vanno formando al largo.

– Bagnatevi solamente – risponde. – Stando vicini alla riva. E mettetevi i giubbotti, sono nel capanno.

Non ci piace nuotare con i giubbotti, ma se il nonno vuole che li mettiamo, noi li metteremo. Lui sa che cosa è giusto fare e poi il mare si sta guastando davvero, bisogna essere prudenti. Questo pensiamo, mentre nel capanno ci infiliamo i giubbotti arancione.

– Portiamo la canoa – suggerisce Sara. – Non l'abbiamo mai provata.

– Possiamo provarla stando quasi a riva – dice Paolo.

– Con le pagaie si può imprimere alla canoa la giusta direzione – dice Elisa che una volta l'ha provata sul fiume.

– E con i giubbotti siamo sicuri – dice Sara.

Trasportiamo tutto sulla spiaggia.

Elisa e Paolo portano la canoa. Sara trascina, faticosamente, le tre pagaie.

A un metro dal mare appoggiamo a terra l'imbarcazione.

– Il mare si sta agitando – osserva Sara.

– Sì, ma noi non ci allontaniamo – la rassicura Paolo.

Sara guarda in su, verso la casa.

– Non c'è nessuno. I nonni sono andati alla casa di Turi – dice.

La canoa aspetta solo noi.

Paolo dirige l'operazione dell'imbarco.

– Voi due vi infilate negli abitacoli. Elisa in fondo, Sara in mezzo. Io vi spingo in acqua e poi mi metto nel posto davanti.

Galleggiamo a qualche metro dalla riva e remiamo, un colpo a destra, un colpo a sinistra, con l'intenzione di percorrere in orizzontale l'arco della caletta.

Un colpo a destra, un colpo a sinistra...

– Per andare verso la riva, tre colpi a sinistra – insegna Elisa.

– Abbiamo già imparato – dice Sara.

Sì, abbiamo imparato, non è difficile, e ci muoviamo sempre più sicuri nella caletta, un po' protetta dal vento, vogando con le nostre leggere pagaie.

Poi, all'improvviso, un'onda più lunga delle altre ci solleva e ci porta dolcemente più in là, facendoci scivolare di qualche metro verso il mare.

– Attenzione – avverte Elisa – ci siamo allontanati. Remiamo a sinistra, presto...

Ma arriva subito una seconda onda, più lunga e più alta della prima e anche questa ci solleva e ci fa scivolare all'indietro, verso il mare.

Si alza, improvviso, un vento strano, freddo, che respinge le onde e ci porta al largo con loro.

È inutile remare verso la spiaggia, sono inutili le nostre manovre con la pagaia di sinistra. Le onde sono sempre più numerose.

– Nonnooo!

– Nonnaaa!
– Turiii!
Sono inutili anche i nostri richiami. Non ci sentono e non ci vedono, perché in casa non c'è nessuno. Saranno tutti e tre nella casetta a scaricare i mobili dal trattore. Siamo spaventati, ma non ci prende il panico.
Restiamo solamente con le pagaie appoggiate trasversalmente sulla canoa e guardiamo la nostra casa, nella speranza che compaia qualcuno e che ci vedano e che ci vengano a prendere.
Sara, stranamente, è tranquilla. Le piace questa avventura.
Pensa che in un baleno il nonno ci raggiungerà con la sua barca, appena si sarà accorto che siamo in mezzo al mare.

Le onde si fanno sempre più alte, il vento ci spinge sempre più al largo.
La canoa, sollevata decine di volte, ricade decine di volte, pattinando sull'acqua come una tavola da surf.
– Paolo, – chiama Elisa dal fondo – si rovesciano le canoe?

– Non si rovesciano facilmente – risponde Paolo. – Sono fatte apposta.

– E poi abbiamo i giubbotti! – grida Sara.

Sì, abbiamo i giubbotti, ma siamo tutti bagnati. Per fortuna c'è il sole, ma c'è anche il vento, questo strano vento che non è certamente caldo come lo scirocco.

Passano le ore. Quante? Non riusciamo a capirlo, perché siamo senza orologio, ma ci rendiamo conto di essere molto lontani dalla riva, perché ora vediamo tutta la costa, oltre al piccolo paese e alla nostra caletta, piccolissima, sotto la scogliera.

La casa dei nonni è una macchia bianca...

Elisa mormora, come fra sé: «Angelo custode, fa' che ci vedano. Fa' che ci vengano a prendere presto».

Sara incomincia a non divertirsi più.

– Ma perché il nonno non arriva? – dice. – Io ho fame e sono stanca. E ho anche sonno.

Paolo, ostinatamente, riprende a remare, nel tentativo di imprimere un'inversione alla canoa, e girarla verso la costa. Ma è tutto inutile.

Il vento continua a spingerci al largo e a noi non resta che aspettare.

– Quando il nonno ci vedrà, qua in mezzo al mare, verrà subito con la barca e ci raggiungerà in pochi minuti – dice Paolo per rassicurare se stesso e Sara ed Elisa.

– Però bisogna che ci veda – dice Sara. – Ce l'ha il cannocchiale, nonno Tano?

– Ma non siamo invisibili! – grida Paolo, quasi sul punto di piangere. – Dalla casa dei nonni si vede lontano sul mare, molto lontano. Più lontano di dove siamo noi.

– Però, – obietta Elisa – il mare è mosso. Ed è più difficile distinguerci in mezzo alle onde. E poi sta venendo buio.

– Nonno! – grida Sara con la sua vocetta. – Nonno, vieni a prenderci con la barca. Nonno, siamo qui, abbiamo i giubbotti arancione, ci puoi vedere. Vieni...

... si interrompe di colpo. Ci guarda con

gli occhi sbarrati, sotto la frangia gocciolante e dice, arrabbiatissima:

– Il nonno aveva finito la benzina! Per questo non viene.

Ci aspettiamo che si metta a piangere, a fare i capricci, a chiamare la mamma...

Invece incrocia le braccia, guarda imbronciata verso l'ormai lontana casa dei nonni e brontola:

– Poteva pensarci prima alla benzina, nonno Tano. Così adesso Turi deve andare in paese a prenderla e chissà quando viene.

Siamo stanchi, abbiamo sonno.

Non sappiamo che ore sono, ma ormai è il crepuscolo.

Dalla riva nessuno viene in nostro soccorso e noi ci sentiamo abbandonati, soli. Pensiamo per la prima volta con nostalgia alla nostra casa di Madrid, ai compagni di scuola, al nostro papi e alla nostra mami, che non immaginano cosa ci stia accadendo.

Sul mare è calata una leggera foschia e le nuvole si stanno alzando all'orizzonte.

D'improvviso, così come si era alzato, il vento cade. E anche il mare si calma. Le onde ci sono ancora, ma sono molto meno alte di prima e soprattutto ci pare che non ci portino più al largo.

Si accende una luce là, sulla costa, a sinistra. Si accende e si spegne, a intermittenza.

– È il faro – dice Paolo.

– Sì... – mormora Elisa e ricorda le parole del nonno:

«Il faro qualche volta è la salvezza. Se vedi la luce del faro è come se vedessi la tua casa o se sentissi una voce amica».

È in quel momento che la canoa ha un sobbalzo. Ci guardiamo, stiamo per dire qualcosa, ma la canoa ha un altro sobbalzo, come se qualcuno la sollevasse da sotto.

Guardiamo nell'acqua, con il cuore che batte veloce, e vediamo subito nell'ombra, a pochi metri, una forma agile che scivola via.

Un'altra forma, simile alla prima, scivola sotto la canoa e le dà un altro colpo. Poi un muso appuntito emerge, davanti ai nostri occhi terrorizzati, e una figura allungata si erge per un istante fuori dell'acqua e ci guarda.

– Elisa, i delfini! – urla Paolo.

Sì, sono loro, i delfini.

Sono due, e adesso che li abbiamo riconosciuti, nuotano in cerchio attorno alla canoa, facendo ogni tanto un salto fuori dell'acqua, guardandoci con gli occhi obliqui e aprendo le lunghe bocche in un particolare sorriso.

– Sono i delfini del nonno – grida Sara. – Sono loro, sono loro!

– Sì, sono i delfini del nonno – gridano Paolo ed Elisa e tutti e tre siamo al colmo dell'eccitazione. Ci sporgiamo e cerchiamo di toccarli, tendendo le braccia verso di loro, quasi per farci rassicurare.

Di colpo non abbiamo più paura.

Non ci sentiamo più soli, anche se il mare è deserto e la sera sta per scendere.

Ci sono questi delfini, ora, e i delfini sanno che cosa fare per aiutare un uomo in pericolo.

Sara si sporge verso l'acqua e dice:

– Delfini, per favore, aiutateci a tornare

a casa. Noi siamo i nipotini del nonno Tano. Per favore, aiutateci.

Non sappiamo che cosa possano capire i delfini, ma forse è vero che capiscono, sentendoli a modo loro, i messaggi e i sentimenti umani.

I due delfini, infatti, ci stanno aiutando.

Lentamente la canoa, sospinta dai loro colpi di muso e di schiena, si sta dirigendo verso la riva.

Noi gridiamo di gioia e parliamo con loro, felici.

E i delfini ci ricambiano con sorrisi e balzi altissimi fuori dell'acqua, accompa-

gnati da piccoli suoni, come volessero anche loro parlarci.

Intanto, abbiamo ripreso a remare vigorosamente con le pagaie.

È ormai buio quando vediamo una luce dirigersi verso di noi.

– È il nonno! – grida Paolo – è lui, ma farà fatica a vederci.

– Nonnooo... – gridiamo allora, agitando le pagaie. – Nonno, siamo qui, siamo quiii!!!

E anche loro, i nostri amici delfini, per aiutarci fanno grandi balzi fuori dell'acqua e mandano i loro richiami.

Anch'essi chiamano il nonno.

Eccolo, ci ha visti, è qui.

La sua barca ci affianca.

Con il nonno c'è anche Turi. Ci guardano, senza riuscire a parlare. Hanno visi stravolti, occhi lucidi e arrossati.

– *Carusieddi*... – mormora il nonno.

Ci estrae uno per uno dai nostri abitacoli, ci prende nelle forti braccia delicatamente, ci avvolge nelle coperte, e ci stringe stretti stretti in un abbraccio solo, mentre la barca, trainando la canoa, riprende la strada di casa.

– Nonno, aspetta, ci sono i delfini – dice Sara, divincolandosi. – Ci hanno aiutati. Salutiamoli per favore.

Il nonno guarda, e anche Turi guarda e, alla luce della lampada, anche loro vedono i due bellissimi animali che fanno evoluzioni intorno a noi e ci guardano con uno sguardo quasi umano e schiudono il muso in quella specie di amorevole sorriso.

– Sono loro! – mormora il nonno con voce soffocata. – Sono i miei delfini.

Resta a lungo girato verso di loro, mentre la barca si allontana, e noi stiamo in silenzio a guardare le sue grosse spalle, curve verso il mare, e non diciamo niente, a lungo, per non disturbarlo.

11

L'occhio del pesce spada

QUESTA è una sera che non finisce mai.

Siamo tutti così felici...

Abbiamo cenato tardi e poi ci siamo seduti sulla veranda al buio, a guardare il mare.

La nonna tiene in braccio Sara e ogni tanto le schiocca un bacio sulla testa.

– Non hai avuto paura, tesoro? – le chiede.

– No, io non avevo paura – dice Sara. – Sapevo che il nonno veniva. Però sapevo che faceva tardi, perché non aveva la benzina.

Il nonno si fa una delle sue risate a fontanella.

– Questi sono bambini terribili – dice. – Non gli sfugge niente.

– E poi sono venuti i delfini – prosegue Sara. – E allora quel pochino di paura che avevamo se n'è andato.

Ecco perché siamo felici.

Perché, dopo una giornata strana, particolare, anche pericolosa, siamo qui a raccontarci di uno straordinario incontro: quello con i delfini.

– Ma voi, – dice nel buio la voce sommessa di Turi – perché vi siete messi in mare con la canoa?

– Volevamo solo provarla – dice Paolo. – Ma si è alzato il vento. E allora non siamo più riusciti...

Nonno Tano lo interrompe.

– I *carusieddi*, i bambini non hanno colpa – dice. – La colpa è mia, che li ho lasciati soli per più di due ore, sulla spiaggia, senza pensare al pericolo. Accidenti a me...

– E anche mia... – dice Turi.

– E anche mia... – dice la nonna. – Eravamo tutti lontani, mentre loro se ne andavano su quella canoa.

Suona il telefono. È la mamma. È strano che chiami, non è la sua sera.

– Mamma, abbiamo visto i delfini! – grida Sara.

Ma la mamma, là, nella casa di Madrid, non ci crede.

– È vero, mamma, è vero. Mi devi credere. Eravamo in mezzo al mare e loro ci hanno aiutati a tornare a casa.

La mamma non capisce, vuole parlare con il nonno.

– Angela, cara, pronto. Sì... ci sono davvero i delfini. Sì... hanno spinto i bambini per un buon tratto, verso la riva. Come? Sì, li ho visti anch'io, certo. Ero... ero nei paraggi, con la barca. Li ho visti, c'erano davvero, credimi. Sì, cara, sono bestie straordinarie. Sono più intelligenti di noi. Sì, hai ragione, è stata una giornata straordinaria. I bambini sono eccitatissimi. Ci prenderemo tutti una camomilla prima di andare a letto.

Tira una fresca brezza, questa sera. È meglio rientrare.

Andiamo tutti nel salottino e la nonna, come fosse una sera di festa, compare dalla cucina con un vassoio colmo di cannoli siciliani.

– Che cosa festeggiamo? – dice il nonno.

– Tutto... – risponde lei.

– Quante cose ci stanno in questo tutto?

E la nonna dice:

– Ci stanno Sara, Elisa e Paolo che si sono salvati dal mare.

Ci sta Turi, che ora abita a due passi da noi, ci stanno i delfini...

Queste sono le cose che festeggiamo...

– E Olivia con suo marito e i suoi cuccioli non ci stanno? – domanda Sara.

– Certo, tesoro – dice la nonna – ci stanno anche loro.

Il nonno si alza e incomincia a cercare qualcosa in giro per la stanza.

– Che cerchi, Tano? – gli chiede la nonna. – Dillo a me che tu non trovi mai niente.

– Cerco quell'accidente... quel gioco, quel puzzello, sì, quello del pesce spada.

– Oh, no! – esclama la nonna. – Ci mancava il puzzle, oggi...

E le prende uno scoppio di risa.

– Dove l'hai messo? – chiede il nonno, fermo in mezzo alla stanza.

– Ma è tardi, Tano, e i bambini sono stanchi. E anche noi non abbiamo avuto una giornata leggera...

– Oggi è una giornata straordinaria, – dice il nonno – dobbiamo viverla fino in fondo. Abbiamo, da domani in poi, tante giornate normali da vivere.

La nonna si alza, esce dalla stanza e ritorna subito dopo con la scatola del puzzle.

Facciamo spazio sul tavolino rotondo e, tutti insieme, incominciamo a comporre il pesce spada.

La nonna ed Elisa cercano le tesserine della coda.

Paolo e Sara quelle della schiena.

Il nonno dice a Turi:

– Ti insegno una cosa nuova. Qui ci sono duemila pezzetti di cartoncino che sembrano tutti uguali ma non lo sono. Si chiamano tessere o tesserine. Da questi pezzetti di cartoncino deve uscire un pesce spada, come quello che c'è nel ritratto. Tu, Turidduzzu...

... si ferma come fulminato. Non parla più. Prende delicatamente fra il pollice e

l'indice una tesserina, se l'appoggia sul palmo della mano e grida:

– Ho trovato l'occhio. L'ho trovato!

Paolo controlla.

– È vero, nonno, è questo l'occhio del pesce spada.

Nonno Tano si alza e abbraccia stretta stretta la nonna.

– Ragazza mia, – dice – non è una giornata straordinaria, questa?

Indice

IL BATTELLO A VAPORE

Serie Azzurra
dai 7 anni

1. Christine Nöstlinger, *Cara Susi, caro Paul*
2. Fernando Lalana, *Il segreto del parco incantato*
3. Roberta Grazzani, *Nonno Tano*
4. Russell E. Erickson, *Il detective Warton*
5. Ursel Scheffler, *Inkiostrik, il mostro dell'inchiostro*
6. Christine Nöstlinger, *Storie del piccolo Franz*
7. Ursula Wölfel, *Augh, Stella Cadente!*
8. María Puncel, *Un folletto a righe*
9. Mira Lobe, *Ingo e Drago*
10. Klaus-Peter Wolf, *Lili e lo sceriffo*
11. Derek Sampson, *Brontolone e il mammut peloso*
12. Christine Nöstlinger, *Un gatto non è un cuscino*
13. David A. Adler, *Il mistero della casa stregata*
14. Mira Lobe, *La nonna sul melo*
15. Paul Fournel, *Supergatto*
16. Guido Quarzo, *Chi trova un pirata trova un tesoro*
17. Hans Jürgen Press, *Le avventure della Mano Nera*
18. Irina Korschunow, *Il drago di Piero*
19. Renate Welsh, *Con Hannibal sarebbe un'altra cosa*
20. Christine Nöstlinger, *Cara nonna, la tua Susi*
21. Ursel Scheffler, *Inkiostrik, il mostro delle tasche nauseabonde*
22. Sebastiano Ruiz Mignone, *Guidone Mangiaterra e gli Sporcaccioni*
23. Mirjam Pressler, *Caterina e... tutto il resto*
24. Consuelo Armijo, *I Batauti*
25. Derek Bernardson, *Un'avventura rattastica*
26. Ursel Scheffler, *Inkiostrik, il mostro dello zainetto*
27. Terry Deary, *L'anello magico e la Fabbrica degli Scherzi*
28. Hazel Townson, *La grande festa di Victor il solitario*
29. Toby Forward, *Il settimanale fantasma*
30. Jo Pestum, *Jonas, il Vendicatore*
31. Ulf Stark, *Sai fischiare, Johanna?*
32. Dav Pilkey, *Le mitiche avventure di Capitan Mutanda*
33. Francesca Simon, *Non mangiate Cenerentola!*

34. Ursel Scheffler, *Inkiostrik, il mostro del circo*
35. Russell E. Erickson, *Warton e i topi mercanti*
36. Anne Fine, *Cane o pizza?*
37. Jeremy Strong, *C'è un faraone nel mio bagno!*
38. Ursel Scheffler, *Inkiostrik, il mostro dei pirati*
39. Friedrich Scheck, *Il mistero dell'armatura scomparsa*
40. Sjoerd Kuyper, *Il coltellino di Tim*
42. Sebastiano Ruiz Mignone, *La guerra degli Sporcaccioni*
43. Maria Carla Pittaluga, *Il piccolo robot*
44. Jacqueline Wilson, *Scalata in discesa*
45. Rindert Kromhout, *Peppino*
46. Ursel Scheffler, *Inkiostrik, il mostro del Luna Park*
47. Anna Vivarelli, *Mimì, che nome è?*
48. Dav Pilkey, *Capitan Mutanda contro i Gabinetti Parlanti*
49. Dav Pilkey, *Capitan Mutanda contro i malefici zombi babbei*
50. Anna Lavatelli, *Ossi di dinosauro*
51. Roberta Grazzani, *In viaggio con nonno Tano*
52. S. R. Mignone, *L'ultimo degli Sporcaccioni*
53. Pinin Carpi, *Il Paese dei maghi*
54. Pinin Carpi, *Susanna e il soldato*
55. Ursel Scheffler, *Inkiostrik, il mostro del castello*
56. Roberta Grazzani, *Abdul vuole rivedere il mare*

Serie Azzurra ORO

1. Paula Danziger, *Ambra Chiaro non è un colore*
3. Anne Fine, *Teo vestito di rosa*
4. Paula Danziger, *Punti rossi su Ambra Chiaro*
5. Bernardo Atxaga, *Shola e i leoni*
6. Paula Danziger, *Ambra Chiaro va in quarta*
7. Ondrej Sekora, *Le avventure di Ferdi la formica*

Ambra Chiaro
dai 7 anni

1. Paula Danziger, *Ambra Chiaro non è un colore*
2. Paula Danziger, *Punti rossi su Ambra Chiaro*
3. Paula Danziger, *Ambra Chiaro fa a modo suo*

Capitan Mutanda
dai 7 anni

1. Dav Pilkey, *Le mitiche avventure di Capitan Mutanda*
2. Dav Pilkey, *Capitan Mutanda contro i gabinetti parlanti*
3. Dav Pilkey, *Capitan Mutanda e il ritorno del Professor Pannolino*
4. Dav Pilkey, *Capitan Mutanda contro i malefici zombi babbei*
5. Dav Pilkey, *Capitan Mutanda e la vendetta della Superprof*
6. Dav Pilkey, *I mitici giochi di Capitan Mutanda*

Piccoli Investigatori
dai 7 anni

1. Ron Roy, *Il mistero dell'albergo stregato*
2. Ron Roy, *Il mistero della mummia scomparsa*
3. Ron Roy, *Il mistero del castello fantasma*
4. Ron Roy, *Il mistero del tesoro sommerso*
5. Ron Roy, *Il mistero della pietra verde*
6. Ron Roy, *Il mistero dell'isola invisibile*

La Scuola degli Acchiappadraghi
dai 7 anni

1. K.H. McMullan, *Lezione n. 1: Come trovare un drago in un pagliaio*
2. K.H. McMullan, *Lezione n. 2: Non dire drago se non ce l'hai nel sacco*
3. K.H. McMullan, *Lezione n. 3: Chi trova un drago trova un tesoro*
4. K.H. McMullan, *Lezione n. 4: Drago che abbaia non morde*